ヴィンヤードに吹く風（上）

目次

プロローグ

ワイン選考会議

「日本のワイン、ましてや、元自転車選手が造ったワインなんて、言語道断だ」

「絶対に採用しては、ならん！」

部屋の主らしきその人物は、重厚な役員室のドアが閉まると、バァン！　と、机を大きく叩き、立ち上がり、一気にまくし立てた。

「キミも知ってのとおり、当倶楽部においてワインは単なる飲み物のひとつではない」

「ワインの果たす役割は、非常に大きく、極めて重要だ」

「下品な日本のワインが、伝統と格式を誇る当倶楽部で採用されるなんてことは、万が一にも、あってはならんのだ！」

「ただ、表向きには、差別的、排他的なことは、言えん時代だ」

「分かっているね、キミ」

役員室には、大きく厚みのある木製の机が置かれ、ひじ掛けや脚には、細かな彫刻が施された黒い革張りの椅子が置かれていた。

ひときわ目を引くのは、壁に掛けられた人の背丈ほどもある大きな油絵である。

そこには、風に揺れるたてがみ、気高く、優しく、力強き、馬たちの走る姿が、今にも額縁から飛び出してきそうなほど、躍動感たっぷりに描かれていた。


「はい、充分、承知いたしております」

「私にお任せください、必ずや、採用を阻止いたします」

「それと、今日、選考会議の前に私と会った事は、くれぐれも内密にしてくれたまえよ」

「はい、もちろん、心得ております、ご安心くださいませ」

キツネ目で、銀縁のメガネをかけた男は、そう、応じると、広げた右手を胸にやり、軽く会釈し、人に悟られぬよう足早に部屋を出た。

銀縁メガネの男が去ると、その人物はゆっくりと窓に近づき、眼前に迫る東京タワーをじっと見つめ、「あの、あいつが、・・・・・・」と、心の中で、そう、つぶやきながら、眩しそうに目を細めて、意味深な笑みを浮かべていたのであった。

東京都港区の一等地にある広大な敷地。この場所の門の外を通ったことがあっても、塀の内側を知る人は少ない別世界。そこは、帝都インペリアル倶楽部。選ばれし者のみが、入会を許される超高級会員制社交倶楽部。入会金350万円、年会費100万円、一次審査の書類選考には、現会員3名以上の推薦状が必要となる。最終的な審議は、施設内の公用語である英語で行われる入会審議会の面接にパスしなければならない。

高層ビル群の中、周囲と隔絶された空間には、木々の木洩れ日に照らされた緑の芝生が広がり、せせらぎの聴こえる水辺と色とりどりの草花が咲き誇る。

そこに立つのは人気の建築家が設計した博物館や美術館と見間違うような壮麗な建物。

館内の天井は遠く、見上げるほどに高く、大きな窓ガラスから降り注ぐ光が眩しい。

レストラン、ジム＆プール、図書室、客室、イベントスペースなど全ての空間が、最新の設備と機能を備え、それでいて伝統を感じさせる趣のある佇まいである。

また、ルーフトップテラスからの眺望は格別で、東京タワー、ミッドタウンなど、晴れた日には遠く富士山を望むことができる。

会員の入会資格基準も厳しいが、館内で提供されるワインについても、専門の選考委員会【ワイン＆飲料委員会】が設けられ、厳しい審査をパスしたワインのみが、リストアップされる。

巨大なバーカウンター。

眩い光に照らされ、神秘的な輝きを放つ大きなワイングラスの数々。

都内でも有数といわれる3千本以上を所蔵するワインセラーを備え、各会員向けのプライベート貸しセラーも完備する。

メインダイニングレストランへと続く、回廊そのものが、ワインセラーである。

左右の壁面はもちろん、前方、そして、天井にも。おびただしい数々のワインボトルが、トンネル状にディスプレイされたワインセラーは、通る者を唸らせる。


この日、年に4回、開かれる選考会議【ワイン&飲料委員会】が行われていた。

窓からは、六本木ヒルズの見える5階にある大会議室、広々とした空間には、大きなテーブルが置かれ、既に、沢山のテイスティング（試飲用）ワインが並んでいる。

「いい香りですなぁ」

などと、口々に笑顔で選考委員が入室してくる。

この日の選考会議がこれまでにないほど、大荒れになるとは、誰も思いもしない。

いつものように、選考委員が定刻通りに着席し、中央に座った、少し長めのアッシュグレーの髪をした初老の委員長が、威厳たっぷりに声を発した。

「皆さん、それではテイスティングをお始めください」

「本日の選考対象は、白ワイン、赤ワインとも、それぞれ3銘柄ずつです」

「いつものようにブラインドテイスティングです」

選考は、ワインに関する葡萄の品種や産地などの情報を隠し、先入観を持たずに評価するためブラインドテイスティングで行われた。

使用されるワイングラスは、大きさや厚さなど厳密な規格が定められた国際基準のテイスティング専用のグラスである。

「既に当倶楽部で採用しているワインが2つ、今回の選考対象のワインが3つ、そして、比較し易いようにスーパーマーケットで売っている安価で購入することのできるワインが2つ、赤、白とも7つずつ、合計、14のワインがグラスに注がれています」

「評価は、5段階です。お配りした用紙に点数をお書きください」

委員たちは、それぞれにグラスを掲げ、色調を眺め、グラスを揺すり、香りを確かめ、舌の上で転がすようにしてテイスティングを行った。


テイスティングが半分ほど終わった中盤、「このまま、飲んでしまいたい」と、おもわず、ひとりの委員が声を発すると、(「同感です」)とでも言いたげに、ひと時、委員たちが顔を見合わせて笑いが起きたが、皆、真剣そのものである。

官能評価においては、ワインを飲み込むことはしない。言わずもがな、アルコールに酔ってしまっては、きちんとした評価ができないからである。

「また、本日は、他にグラスの審議もお願いします」

「空のシャンパン用と赤ワイン用のグラスがそれぞれ1脚ずつ置いてございます。採用可否欄へチェックをお願い致します」

館内で提供されるワイングラスも、ワイン&飲料委員会の審査を受けるのである。

「これは、大きく立派なグラスですなぁ」

「大きいが、凄く薄いグラスだ、たいへん割れ易い、スタッフ泣かせのグラスですなぁ」

「このグラスで飲むと、さらに美味しさが増すでしょうなぁ」

「ワインを愉しむには、グラスも非常に重要ですからねぇ」

ひと通り、テイスティングを終える頃になると、張りつめた空気も一旦、解け、和やかな会話も聞こえてくる。

「しかし、いつもながら、少し緊張しますなぁ・・・　・・・」

「本当に、そうですなぁ、自分の味覚や嗅覚を試されているようで・・・　・・・」

「なんたって、スーパーマーケットの安価なワインが紛れていることが、怖いですよ・・・　・・・」

「私は最初、冗談かと思いましたよ」「まったく」

「しかし、なんでも、我々がスーパーマーケットの安価なワインに高得点をつけた場合は、現選考委員は総退陣」

「現在、施設内で提供しているワインも総点検すると委員長は決めているらしいですぞ」

「責任、重大ですなぁ・・・・・・、ハハハ」

その中で、ひとり、眉間にしわをよせながら、スコアカードを見つめる、苦虫を噛み潰したような顔つきの男がいた。

銀縁メガネの男、この選考委員会の副委員長である。


別室の会議室に入ると、また、委員たちは、真剣な面持ちで席についた。

選考会議は議長の声優のように太い低音の魅惑的な声が響き、議事が順調に進んでいる。

「それでは、【フライング・イーグル　２０１５】」

「若手ながら、ボルドー大学の醸造学科を主席で卒業した、気鋭の醸造家が手掛ける、アメリカ ナパバレー産カベルネ・ソーヴィニョンの赤、

【フライング・イーグル　２０１５】は、採用可、という事で、よろしいでしょうか？」

「異議なし」、委員たちは、異口同音に応じた。

「それでは、次」

「ファレラ氏から推薦のあった日本ワイン、長野県東御市産」

「【シクロヴィンヤード パシュート シャルドネ 2022 樽】の採用についてです」

ソムリエの神崎さん、テイスティングのスコアはいくつでしょうか」

「はい。」

と、新入りの若い女性ソムリエが応じるのを遮り
「お待ちください、議長」

「日本のワイン・・・・・・!」

「日本のワインなんて・・・・・・!!」

「論外です」

キツネ目の銀縁メガネをかけた副委員長が急に立ち上がり、まくしたてた。

「選ばれしVIPが集い、伝統と格式を誇る、当倶楽部に於いて」

「日本のワインがリストアップされるなんてことは、断じてあってはならぬ事態です!!」

あまりの剣幕に委員たちは、暫しの沈黙の後、いつもは、至って厳粛な会議ではあるが、なにやらヒソヒソと、話が漏れ聞こえ出した。

「パシュートとは、自転車ですかな」

「スピード スケートでは、ないでしょうか？」

「日本では、スケートとして有名になりましたが、元々は自転車の競技で、１００年以上も前から行われている伝統的な競技でもあるんですよ」

「ホームとバックから互いに同時にスタートして、相手を追い抜こうとする競技、日本語だと、追い抜き競走ですな」

「へぇ、自転車競技でもあるんですね」

「そう、そう言われれば、シクロは、自転車ですね」

「シクロヴィンヤード、シクロは、フランス語で自転車」

「ヴィンヤードは、英語だとブドウ畑を意味するから、それらを掛け合わせて作った造語でしょうな」

「ヴィンヤード（ブドウ畑）は、欧米人にとって、特別ですよ」

「ブドウ以外の果物は、果樹園を、オーチャードやフィールドなんて言いますが」

「ブドウに限り、ヴィンヤードと言う、独立した単語がある」

「ヴィン（ｖｉｎｅ）、ワインの畑」

「今日、我々はアルコール飲料としてワインを扱っていますが、アルコールを口にしない人にとっても、ワインなどのお酒は、料理などには、欠かせないものですから」

「こうして、今日、我々が集まっているのも、ワインの選考のため」

「ただ、ワイン、だけ、のために集まっているのですから」

「なるほど、言われてみれば、そう、ですなぁ」

出席した委員たちは、フム、フムと、今更ながらあらためて確かめるように頷きあった。

「話しは少し、外れてしまいましたが」

「近頃は、日本のワインのレベルも少しずつ向上していると聞きました」

「ここは日本ですし、採用しても構わないのではないでしょうか？」

「ここは日本だから・・・　・・・、そんな意見は、当倶楽部の品位を汚します」

「聞けば、ワインを造る前の職業は自転車の選手で、スポーツしか、能のない、筋肉バカだ、そうじゃないですか！」

と、副委員長は、左手で銀縁メガネを触りながら、冷徹な目を散らす。

「副委員長の仰る通りです」

「しかも、その生産者は、子供の頃は、ガキ大将で、札つきの不良少年だったとか」

「品位も知性のかけらもない！」

と、副委員長の隣に座る、いかにもお調子者という感じの男が、両手を揉み、ゴマすりポーズを取りながら続く。

一方で、「筋肉バカだなんて、品がないのは副委員長ですなぁ」

副委員長の席から遠く離れた委員が、皆に聴こえないぐらいの小声で呟く。

「そもそも、この委員会は、何のためにあるのか？　お考えいただきたい！　その様なワインが、誤って当倶楽部内に入ることがないようにする為に存在しているのです！」

また、副委員長は左手で銀縁メガネを触りながら、ぐるりと見回し、睨みを利かせた。

「実務者である、神崎さんの意見は、どうでしょうか？」

と、困惑した表情の議長が、ソムリエへ意見を求める。

「申し訳ございません」

「そっ、それが、日本のワインについては、不勉強でして・・・　・・・」

（「何でチーフが休みの今日に限って・・・　・・・」「（私が取得したフランスじゃ、ソムリエの試験にも出なかったし、（ハーフの日本人だけど）日本のワインが選考対象になるなんて、夢にも思わないんだから！　知るわけないじゃない・・・　・・・）

と、黒髪ながら、ブルーの瞳をした、新米ソムリエの神崎も、困り顔である。

「委員長、聞きましたか！」

「日本のワインなど論外過ぎて、知りもしない存在だということです」

「決まりましたな！　不採用」

銀縁メガネの副委員長は、またもや左手でメガネを触りながら、勝ち誇った様子で言い放つ。

皆、押し黙り、どうしたものかと、顔を見合わせる・・・・・・。

「困りましたな・・・・・・、ただ、ファレラ氏の推薦でもありますし」

「今回は継続審議として、次回までに詳しく調査をした上で、改めて審議する事としましょう」

「神崎さん、次回、ワインの調査報告をお願いします」

「はい。かしこまりました」

自転車選手編

フランス遠征

「外は、寒いわね」

「雪にならなかっただけましさ」

「千葉さん、ほら、見て」

「風ちゃんの乗った飛行機、あれだよ」

ゴー、というジェット機のエンジン音が、ひっきりなしに行き交う、ここは日本の空の玄関口、成田空港である。

「大輔、こらっ、違うでしょ！」

「祐香（ゆうか）は、もう、千葉さんじゃなくて、今は、御牧（みまき）さんでしょ」

「ああ、そうだった、ゴメン、ゴメン」

「中学時代から、ずっと、千葉さんだったから、まだ慣れなくてさ」

「いいの、いいのよ」

「私、自身、まだ、慣れていないぐらいだから、・・・・・・」

つい、先程まで烈しく打ちつけていた雨も止み、西の空には、陽が射し、青空も覗き始めていた。

雨のなごりの水たまりが、そこかしこにできている。

そんな屋上展望デッキの床の上、水面に映し出される、同窓生3人の姿があった。

「だけど、先月、結婚したばかりなのに、風ちゃんをフランスへ行かせていいのかよ」

「いいのよ、私と風太は、4歳の時からの付き合いだし」

「期限付きのレンタル移籍契約とはいえ、本場フランスのプロコンチネンタル チームで走れるなんて、またとない大きなチャンス」

「風太と私の夢は、風太が、アルカンシェルを着る！」

「世界チャンピオンに、なることだから」

「日本じゃ、自転車競技って、マイナースポーツなんだけど」

「ヨーロッパでは、サッカーに次ぐ、人気スポーツなの」

「野球のＷＢＣは、世界中でのべ約１億人が視聴するらしいけど、ツールドフランスという、ロードレースは、世界中でのべ約３５億人が視聴するといわれるほどポピュラーなの」


２３日間、２１ステージ、約３４００ｋｍ（年ごとにコースや距離は異なる）を走破するツールが、パリにゴールする日、パリの街は自転車レース一色となり、ベルサイユ宮殿やエッフェル塔、凱旋門やシャンゼリゼ通りは、道路が封鎖される。

「通常、パリ市上空は、飛行禁止なんだけど」

「フランス革命記念日と、ツール最終日の、年に、２日間に限り、ヘリコプターの飛行が例外的に、許可されるぐらい、自転車のロードレースは、国民的スポーツなのよ」

「そうよね、自転車って、日本だとスーパーへ買い物に行ったり、通学のために利用したりする移動手段で、スポーツって、感じ、少ないものね」

「最近になって、さいたまクリテリウムのようにツールに出場した選手を招いて都市部のレースも開催されるようになってきたけど」

「クリテリウムのように距離を短くして、狭いエリアをグルグル周回するぐらいの交通規制がせいぜいだもんなぁ」

「もし、仮にパリのように大規模な交通規制したら、苦情殺到よ、炎上ね」

自転車競技においては、マイヨ（ジャージ）が非常に重要なアイテムである。サッカーや野球では、エンブレムやフラッグが象徴する物となることが多い。

一方、自転車競技では、栄誉のジャージが、授与される。

ツール・ド・フランスの総合1位に贈られる、黄色のマイヨ・ジョンヌ。

スプリンターの証、スプリント王者が身にまとう、緑色のマイヨ・ヴェール。

山岳王者が身にまとう、白地に赤い水玉模様のマイヨ・ブラン・ア・ポア・ルージュ。

そして、世界選手権大会の優勝者へ贈られる、5大陸を表す緑、黄、黒、赤、青のストライプで、虹のジャージといわれるマイヨ・アルカンシェル。

また、各国の国内選手権大会優勝者には、国旗を基調としたジャージが授与される。

「しかし、先生たちも白旗を上げ、手におえないほどの、どうしようもない不良少年だった、風ちゃんが、今や、競輪選手になり、そして、今度は、プロのロードチームに入り、フランス参戦だもんなぁー　――」

「変われば、人は、変わるもんだよなぁー　ー」

自転車競技を総括するＵＣＩ（国際自転車競技連合）のレースカテゴリー分けで、ロード種目のチームには、ピラミッドの上から順番にワールドチーム、プロコンチネンタルチーム、コンチネンタルチーム（ここまでが、プロフェッショナルのカテゴリー）、そして、上級者から初心者までの6階層（Ｃ1～Ｃ6）のアマチュア カテゴリーが存在する。

この物語の主人公、御牧風太（みまき　ふうた）は、フランスへ渡り、この上から

2つ目にあたるカテゴリーの、ロードチームに加入するのである。

「そう、そう、私なんか、あの頃、御牧くんたち不良グループには、怖くて、嫌で、近づきたくなかったわ」

「俺なんか、今でこそ、風ちゃん、なんて、気やすく呼んでるけど、同級生なのに、風太さん、って、さん、を付けて呼んじゃってたもん」


風太を乗せた飛行機は、空港スタッフが一列になり、手を振り、見送られながら、ボーディングブリッジを離れようとしていた。

「でも、さぁ、風ちゃん、フランスへ行って、フランス語わかるの?」

「英語ですら、怪しいだろ、俺、人のこと、言えんけどさ」

「それがね、自転車競技はフランス語が公用語だし、フランスで走りたがっていたから、少しずつ勉強していたの」

「それに、実はね、風太は、幼い頃1年半ぐらいの間、フランスで暮らしていたことがあるらしいの」

「だから、文字を書くのは、まるでダメだけど、簡単な話し言葉ぐらいなら、わかるみたい」

「えっ、それって、どういうこと？」

祐香たちの見つめる飛行機は、ゆっくりと誘導路を進んで、滑走路へ向かう。その脇を今、着陸したばかりの飛行機がすれ違う、滑走路の端まで進んだ所でやがて停止した。管制塔からの離陸許可待ちのようである。

時おり、ビュー、ビューと、風が吹きつける、ポールごと揺らぎながら、掲げられた旗が大きくはためいていた。

「ふたりとも、風太は、おじいちゃんとおばあちゃんに、育てられたことは知ってると思うけど」

「フランスにいた時に、親が離婚して、お母さんと一緒に帰国したみたい」

「ただ、一度、風太に聞いてみたことがあるけど、知り合う前のことは、何も話してくれようとはしないから、詳しく知らないいんだけど・・・　・・・」

「へぇ、学校の真面目な生徒の中で、唯一の理解者だった祐香でも、御牧くんについて、知らないこともあるのね」

「風ちゃんは、みんなの噂だったな。親の愛に飢えて、ぐれているんだろうと」

しばらく待機していた飛行機は、一旦、動き出すと、猛烈にスピード上げ、やがて、フワリ、と離陸した。

風太を乗せた機体が少しずつ、小さくなる。

風は、いつしか、頬を撫でる、心地良い風に変わっていた。

「きれい！　あれ」

「虹よ、虹がでてる」

「そうだ、アルカンシェルだ」

「・・・　・・・、行っちゃったなぁ、風ちゃん」

「うん、行っちゃった」、（風太、風になって　！）と、心の中で呟きながら、噛みしめるように機影の消えた空を見つめる、祐香の瞳は、わずかに、うるんでいるかのようであった。


渡仏を祝福するかのように虹のかかる大空へ、離陸した機体が水平飛行に移ると、シートベルト着用サインが消え、機内サービスのワゴンが風太に近づいた。

「お飲み物は、何になさいますか？」

「ビールをください」

「あっ、ビールは、やめて、ワインをください」

（そうだ！　ゲン担ぎだ！　フランスを丸ごと飲み込んでやろうじゃないか！）

風太は狭い席で、左手を腰に添え、上半身を弓のように仰け反り　どうだ！

「俺は！　風になる！」

右手のグラスを高く掲げて、ワインを飲む。

「ハッ、クション」

「誰か、俺の噂話でも、しているのかな?」

と、クシャミをしながら、ひとり悦に入り、少し興奮ぎみのこの男。

名前は、御牧風太(みまき ふうた)、この物語の主人公である。

「すみませ~ん、赤ワイン　おかわりもらえますかぁ~」

風太は、体育会系の乗りで、ゴク、ゴクと、まるでビールでも飲むかのように、ワインを飲み干した。

通路を挟み、隣の席に長めの黒髪をポニーテールに結び、ブルーの瞳を輝かせた女の子が座っていた。

風太のひとり漫才のような様子を見ていた女の子が、母親に話しかける。

「お母さんも、お父さんも、毎晩、ワインを飲むけど、ワインって、そんなに美味しいの?」

「エミリも、大人になったら解るようになるわ」

「ただ、ワインは、あの人のように飲むものじゃないわね」

女の子の母親は、風太に聞こえないぐらいの小声で囁くと、笑みを浮かべながらワインを口にする。その女の子の母親は、瞳も髪の毛も黒く、日本人のようである。

「へぇ〜、ワインって、香りは、イィ感じよね」

と、この時、女の子は、後に、ワインに魅せられてソムリエとなり、帝都インペリアル倶楽部で働くことになるとは、思いもよらない。

ましてや、将来、・・・ ・・・

この時、偶然、隣の席に座った男、風太の造るワインを調査する事になるなどとは、露ほども、思いはしなかったのである。


話しを元に戻そう。

ほろ酔い気分の風太は、準備したアイマスクを、目には付けず、額に付けたまま、いつしか眠りに落ち、夢をみた。
　風太には、子供の頃から頻繁に観る夢が3つある。
そのひとつが、自転車レースを観戦する夢。
通りを埋め尽くす、観客の群衆の中、
　父親らしき人物が男の子を肩車して、自転車レースを観戦している夢である。
周囲の建物は、レンガや石造り。
壁面には、翼を付けた天使の姿、鳥や動物、草木の模様など、様々なレリーフが、
そこかしこに施され、ヨーロッパらしき、中世の面影を残す街並みである。
傍らに寄り添い、母の姿もある。
　選手たちを追い、上空を舞う中継ヘリコプターが轟音と共に近づいてくる。
　ゴール前30m地点の脇、停められたトレーラーに載せた、巨大なスクリーンに選手
たちの走る姿が映し出されている。
　徐々に、レースを伝えるアナウンサーのボルテージが上がる。

なお、いっそうヘリコプターの爆音が近づき、アナウンサーの声が絶叫へと変わる。

「来るぞ！」

「来るぞ！」

皆、口々に声を発する。

騒がしかったレース会場が静まり返って、つかの間の静寂が訪れる、群衆の視点が通りの先、遠くに見える噴水広場へと、集中する。

「来た！」

「来たぞ！」

カーブを曲がり、先頭を走る選手が小さく見えた、その時、観衆の興奮は頂点に達する。

バン、バン、と両手で看板を叩きながら、アーレ、アーレ、と叫ぶ熱狂した群衆の声。

選手たちは、フェンスで仕切られたコース、いっぱいに広がり、ゴールを目指す。

噴水広場からゴールまでは、緩やかな登り坂だが、物凄いスピードで、みるみるうちに大集団が迫り来る。

シャー、という空気を切り裂く車輪の音。

瞬く間に通り過ぎた選手たちの大集団の少し後で、ボン、と、風が後を追う。

風は、選手たちの大集団が引き裂いた空気の壁である。

風が親子の頬にあたり、前髪をなびかせる。

「凄っげぇーな！　風太」

「うん！　すっげぇー　──　！」

肩車された子供は、右手を大きく突き上げ、歓声をあげる。

以来、風太の魂には、この時に感じた風が、吹き、続けているのである。


風太は、通路に首を傾け、グー、グー、と、いびきをかきながら、大きく口を開けて、寝入っていた。

「お母さん」

「見て、この人、首が、折れそう」

と、風太のコミカルな寝顔を見た女の子が、母親に伝えると、母親は我慢して平静を装うよう努めたが、頬を膨らませると、堪え切れずに、
プッ、・・・・・・と、噴き出した。

ピッン、という音がして、シートベルト着用のサインが点灯すると、暫くして、キャビンアテンダントが通路を進んで来る。

「お客様、起きてください」

「シートベルトをお締めください」

と、揺り起こすキャビンアテンダント。その時、

「俺は！　風になる！」

ガバッ、と起きた風太は、寝ぼけて、思わず大きな叫び声を上げた。

「えっ〜？　！」

驚き、身を引く、キャビンアテンダント。

「あのっ、お客様、大丈夫ですか・・・　・・・？　！」

「あっ、はい」

「すみません・・・　・・・」

風太は、辺りを見回しながら、恥ずかしそうに照れ笑いを浮かべ、右手の人差し指を頭に近づけ、ポリ、ポリとする仕草をした。

「エミリ、・・・　・・・、ダメよ」

「笑っちゃ」

と、笑いながら、娘の肩を叩く母親。

「笑っているのは、お母さんじゃない」

「シーッ」

「笑っては、悪いわよ、エミリ」

「ダメ、ダメよ」

と、母親は、笑いが止まらない・・・　・・・。

どうやら、この母親の笑いのツボに、ヒットしてしまったらしい。

周囲の座席からも、クス、クスと、笑い声が漏れ聴こえ、機内は、和やかな雰囲気に包まれた。


「当機は、間もなく、パリ、シャルル ドゴール空港へ着陸いたします」

と、機内アナウンスが流れる。


ドン、という軽い衝撃、と同時にブレーキをかけるタイヤ音。

ゴー、という、ジェットエンジンの逆噴射音が唸りをあげた。

御牧風太を乗せた飛行機が、夕闇せまる空港に着陸した。

風太のフランスでの激闘が、スタートするのである。

ちょうどその頃、パリのレストランで働く、望月健一という偽名を名のる、ひとりの男にも運命の風が吹き始めていた。

所持するパスポートには、草間信太と、記されている男である。

いきなりバトル

フランス入りした翌日、風太は、さっそく、ロード練習に出た。

フランスの東南部、リヨンに近い、ブルゴーニュ地方の田舎町に、のどかな田園風景が広がる。

春はまだ、遠く、吹く風は冷たいが、時差ボケの風太には、むしろ丁度よい風である。

希望に燃え、ルンルン気分。

「俺は〜(^^♪、風になる(^^♪)〜♪」

誰が聴いても、決して上手とは言わないであろう、歌声をまき散らして、ペダルを踏む。

上機嫌で走る風太を、スーッ、と、フランス国旗である、青、白、赤のトリコール色のヘルメットを被った、サイクリストが抜き去った。

「えっっ！」（こ、この、俺を抜きますかー!!）」

と、言っている間にも、遠ざかる、サイクリストの背が、ドン、ドンと、小さくなる。

「チクショウ、俺を誰だと思ってるんだ」

「仕方ない、ヤツに本当の俺の実力を見せてやろうじゃないか！　（フランス入り早々、こんな片田舎で負ける訳には、いかないぜ！）」

「俺は！　風になる！」

「ひと捲りだ！」

風太は、左手でブレーキレバーと一体化された、ギヤ シフトレバーに手を添えると、カチ、とフロントギヤをチェンジさせ、加速する。

ようやく追いついた、風太だったが、

「ゼイゼイ、ハア、ハア」

呼吸が、かなり荒くなっている。

「楽勝なフリして、抜いてやる」

（苦しい素振りを見せずに、ポーカーフェイスで、抜き去ることが重要だ！）

風太は、呼吸を整え、チラ見しながら、ニヤリと笑い、抜き返す。

「むかっ！」

「地元、俺様のいつもの練習コースで、俺を抜いて行くとは、絶～対に、許せない！

（ましてや、東洋人らしい人間が、抜いて行くなんて！）」

こうして、２人の意地の張り合い、お互い顔を見合わせ、一歩も譲らない激しいバトルが始まった。

ふたりのバトルは、いっそう激しさを増して、途中、前を走る車ですら、追い越した。

「ポカン・・・・・・」

抜かれた初老の男性ドライバーは、口をあんぐりと開けたまま、去りゆく、風太たちの背中を見つめ、ハンドルを握る。

「危ないじゃないか」

「こんなに狭い田舎道を、あんな、スピードで走るもんじゃない！」

と、我に返った初老のドライバーは少し、不機嫌そうに呟く。

「あらまぁ、車よりも速いなんて、凄い、勢いねぇ・・・　・・・」

と、助手席に座る、ご婦人とおぼしき女性も目を丸くする。

強めの追い風が吹く中、緩く長い下り坂を走っていた、風太たちのスピードは、時速70kmを超えていたのである。

ピッ、ピッ、ピッ、と心拍計の設定した上限警告音が、聴こえ出す。

両者とも、我、先にと、必死の形相に変わっていた。

冬にもかかわらず、額から汗が、ほとばしる。

次第に、お互いに、「こいつ、つ、強い・・・　・・・」

・・・　・・・（やがて、お互いに、もうダメだ・・・　・・・、苦しい）

遠い先に、十字の交差点あり、の標識を見たふたりは、同じ事を考える。

（次の十字路で直進せずに、曲がって、ごまかしちゃえ）

・・・・・・始めから予定通り、と、いう素振りで、別々の方向へ曲がった、ふたり。
「ふうっ、危なかったぜ！」

「こんな所で、遅れをとる、ところだった・・・・・・」

と、お互いに、なんとか面子を保ち、安堵したのである。


　太陽は西に大きく傾き、夕陽に照らされた丘は、息を呑むほど幻想的な光景が拡がる。

まるで映画やポスターのワンシーンのような風景である。

ただ、残念ながら、その時の風太に景色を愛でる余裕など残されていなかった。

「ここは、どこだろう？」

「道が、分からない」

風太は、我を忘れたバトルのせいで、迷子になってしまったのである。

「まずいなぁ・・・　・・・！」

「これは、完全に、迷子になっちまった」
「おまけに、腹も減って、力が、ぜんぜん入らない」
「ヤバイ、これって」
「もしかすると、ハンガーノックかもしれない・・・　・・・」

普通に見れば、とても美しい風景だが、風太には地獄のように見える。
どちらの方向を観ても、同じような風景ばかりが目に映る。
焦りの滲む風太は、血まなこになりながら、辺りを見回わした。

そうして、ようやく、丘の中腹に建つ、レンガ作りの建物を見つけたのである。

ドメーヌ

「すみません」

「誰か、いますか？」

ヘト、ヘトになりながら辿り着いた風太は、門の前で道を尋ねる。

「ポール、お客さんだ」

と、大きな刈り込みハサミを手にしたお爺さんが、返事をした。

「はーい」

応ずる金髪の美青年が生け垣から、ヌーと、顔を覗かせる。

何気なく顔を見合わせたふたりが、
・・・　・・・、オマエは、さっきの・・・　・・・。
「おまえ、・・・　・・・」

互いに、驚愕の表情で、それぞれの右手の人差し指が、相手に向けられる。

「なんだ。おまえ達は、知り合いか？　！」
・・・・・「いいから」
「入れ、入れ」

と、お爺さんは、風太を門の中へ招き入れてくれた。

風太の目にお爺さんの笑顔が天使のように映り、ほっとした風太は、自転車を門に立てかけると、ヘナ、ヘナ、ヘナと、その場にへたり込んでしまった。

風太は、もう、既に限界状態だったのである。


「どうじゃ?」

「ジャポネ」

「名は、何という?」

「風太　御牧（フウタ　ミマキ）と言います」

「風太か」

「風太、ハンガーノックから回復したか？」

「はい。もう、大丈夫です」

「ありがとうございます」

と、キャンディーを貰った風太は、先ほどまでの状態が、嘘のように、元気を取り戻していた。

「ハンガーノックを起こすと、突如、全身に力が入らなくなる」

「言わば、ガス欠じゃ、運動によりエネルギーが消費され、極度の低血糖状態に陥ると、脳から運動している場合じゃないよ、とシグナルが発せられるのじゃ」

「重度になると、脳の細胞にも、エネルギーが足りていないので、意識がなくなる事もあるので危険じゃ」

お爺さんは、呑気に、右手の人差し指で頭を指しながら、左手に持ったキャンディーを口にする。

「軽度のハンガーノックであれば、こうして糖分を口にすれば、速やかに運動停止シグナルは解除され、何事もなかったかのように回復する」

「プロレーサーたるもの、そのような状態にならぬよう、注意が必要じゃ」

「と、言いながら、わしも現役時代にハンガーノックになり、レース中に倒れたことがあるんじゃが、はっ、はっは・・・・・・」


プロのロードレーサーの消費エネルギーは、膨大な量となる。

長いステージレースなどでは、1日あたり、一般的な成人男性の約3倍となる8000キロカロリーものエネルギーを摂取する必要がある。

「腹が減ったと感じる前に、自転車に乗りながら、補給する事が大切になるのじゃ」

「はい。気をつけます」

この日の風太は、まだ、フランス入りして間もないので、軽く短い練習で終えるつもりで、充分な補給食を腰のポケットに入れずにスタートしたのであった。

ちなみに、相撲の力士たちの摂取カロリーも、同じく8000キロカロリー程度といわれている。

ただ、プロロード選手で、脂肪を多く蓄えている選手は、皆無である。

1日で、一般的な成人男性の3日分を摂取しても、全て消費してしまうほど、プロのロードレースは過酷な運動量だということである。

ただし、それだけ食べても太らないのであるが、レース中、特に坂道を登る時、無駄な脂肪はデメリットでしかないので、オフシーズンにおいても太らないように自己管理できる選手のみが、プロのステージで走ることが、できることになるのである。

「もー　ー」

「マジで、コイツを泊めてあげるの？」

「なんで、俺が、コイツに着替えまで、貸してやらなきゃいけないんだ」

と、少し不服そうに呟くのは、昼間、風太と激しいバトルを演じたトリコロールのヘルメットを被っていた金髪の美青年である。この青年、名前を、ポールという。


その晩、ポール家族の夕食の大きな丸テーブルに、ワイングラスが並ぶ。

「へぇ、おじさん達、ワインを造ってるんですね」

風太のグラスに、赤ワインが注がれる。

「そうだよ」

「葡萄を育て、ワインを造っているんだよ」

「このワインはね、ピノ・ノワールという品種で造ったワインだよ」

「ありがとうございます。いただーきます」

嬉しそうに、何気なく口元に運んだ風太であったが

「えっ、こっ、・・・・・・、こっ、この、香りは、・・・・・・？！」

ワインの香りが鼻を通った瞬間、風太の脳裏に稲妻のような衝撃が走ったのである。

フラッシュに映し出される、幼き日々の断片的なシーンの数々。

あの時、以来、頻繁に観るようになった夢や記憶が、走馬灯のように駆け巡る。

これまでは、霧の中にいるかのような、おぼろげで、はっきりしない夢や記憶の霧が晴れて鮮明に蘇る、・・・・・・。

ランプに照らされて、魅惑的な光を放つワイン。

記憶を辿るように、瞳に慕情と切なさを宿して、ボーっと、宙をみつめ続ける風太。

（「・・・・、あの男は、・・・・・・」）

そうして、いったい、どれくらいの時間が過ぎたのであろうか。

「どうした？　オマエ、大丈夫か」

「・・・・、あっ、うん、何でもない、大丈夫」

風太の意識はここにあらず、動作が止まってしまっていたのである。

「変なやつだな　こいつ」

「あまりの良い香りに感激して、言葉を失ったのじゃろう」

という、お爺さんたちも心配そうに、風太を見る、・・・・・・。

「はい。これ、すっごく、美味しいです！」

と、我に返った風太が、過去を振り払うかのように、声を発する。

「おい、この、バカ野郎！　当ったり前だ！」

「ここを何処だと、思ってるんだ！　フランスのブルゴーニュだぞ」

ポールは、まだ、少し、ぼーっと、している風太の頭を小突きながら熱弁を振るう。

「世界一のワインの銘醸地だって、知らないのか！」

「うちは、家族経営の小さなドメーヌ（ワイナリー）だけど」

「うちのワインはなぁ〜、ミシュランの星付きレストランでも使われているんだ！」

「美味しいに、決まっているだろう！」

　フランスでは、画一的なワイナリーと言う言葉は、ほとんど使われない。

世界的にも有名なフランスの3大銘醸地である、ここ、ブルゴーニュ地方では、ドメーヌと言い。ボルドー地方では、シャトー。シャンパーニュ地方のシャンパン生産者はメゾンと呼ばれる。

それぞれその地域ごとに、永い年月を経た、ワインの歴史や文化が、独自に存在するのである。

「まぁ、まぁ」

「いいじゃないか」

ポールの父親は優しい眼差しで、興奮して話すポールを諭すように、そう、呟く。

「明日は、醸造所を案内してあげよう」

「はい。ありがとうございます。楽しみです」

「しかし、これは、ホント、美味しいです」

「オマエには、もったいないわ！」

ポールは、そう言いながら、風太の飲むワインを奪おうとする。

一方、風太は、ヒョイと、上手くかわしながら
「俺はな、ソムリエになれると、言われた事があるんだ」

「夢の中だけどね、・・・　・・・」

などと、言いながら、もう、すっかり、現実の世界に戻った風太は、ちょろりと、舌を出しながら、ポールをからかうのである。

風太は、普通の人よりも少しだけ、鋭敏な嗅覚と味覚を備えているようである。

「なにー　ー　！　夢の中だぁー　ー」

「オマエ、なめとんのか！　こら！」

この2人、仲が良いのか、悪いのか。まるで漫才でも、しているかのようである。

「そうかい、そうかい」

「フウタは、自転車修行に（フランスに）来たのか」

「うん、うん、自転車は、良い！　良い！　最高じゃ」

愉快そうにワインを飲みながら、そう、語りかけるお爺さんは満面の笑みを湛えている。

「はい。一昨日、パリに到着したばかりです。リヨンのレーヴェで走ります」

（俺は、風になる！）

「えっ！　それじゃあ、（監督が言っていた）今季、うちのチームに来るっていう、日本選手って、お前のことかー　ー　！」

驚き、少し嫌そうな素ぶりを見せながらも、まんざらでもない表情を浮かべるポール。

「うち（ドメーヌ）は、ごく少額の出資だが、レーヴェのサポーターだよ」

胸にドメーヌのロゴがプリントされたポロシャツを着た、ポールの父親が、落ち着いた表情で、ゆったりと、語りかける。

風太の加入するチームのマイヨ（ユニフォーム）には、左腕の袖口に、小さくドメーヌのロゴマークが入っている。

「それに、わしも、昔はレーヴェの選手だったんじゃ」

「そして、今でも、わしは、名誉コーチじゃて」

と、言いながらお爺さんは、テーブルに乗り出し、力強く握った左腕をくの字に曲げて、筋肉のこぶを作って見せる。

このエネルギッシュなポールの祖父もかっては、プロのロードレーサーだったことがあるのである。

「あらまぁ！　ふたりとも、チームメートに、なるんじゃない。仲良くしなくちゃね・・・・・・」

少し、ふくよかなフランシスの母親は、全て、お見通しというような笑みを浮かべてウインクする。

「こいつが、チームメートなんて」
・・・・・・、互いに顔を見合わせあう、風太とポール。
「(、ー、　*)ウンウン、これは良い、最高じゃ」

「そうじゃ、来週のチーム合流まで、家に泊まるとよい」

「本当ですか、いいんですか」

「ありがとうございます」

「マジ、かよ！」と、少し不服そうなポールを横目に
「明日、着替えを取って来ます」

「よろしくお願いいたします」

風太は、席を立って、目を輝かせながら、嬉しそうに、ぺこりと、お辞儀した。

「ポールも、明日からの分の着替えまでは、貸してくれぬじゃろうからな」

「選手には、良い友、良いライバルが必要じゃて」

と、お爺さんは、いたずら小僧のように笑いながら、ワインを口にする。


新しい仲間が増え、ワインを傾け、囲む、ドメーヌの食卓。

風太に吹く運命の風は、少しずつ強さを増しているかのようであった。

遠い日のシャンベルタン

夜もふけ、夕食が済み、ゲストルームに案内された風太はドアを閉めると、ドカッと、そのまま仰向けにベッドへ倒れ込んだ。

・・・・・・、「あのワインの香りは、夢の中のワインと、同じ」

ひとりになった風太は、ただ、ボーっと、天井を見つめて、考え込んでいたが、酔いもあり、いつしか眠りに落ちたのである。

ただ、これまでと違うのは、いつもは霧に霞んでいた記憶の霧が晴れ、鮮明に瞼に蘇ったのである。

黄色い裸の電球に照らされた、狭いアパートの一室、両親と食卓を囲んでいる。

小さなテーブルには、不釣り合いに、大きなワイングラスが置かれていた。

ビューと、ひときわ強く、一陣の風が、窓の外の緑色のよろい戸を、揺らす。
風の気配を感じた、風太の表情は、少しずつ、活力ある顔つきへと変化した。
「俺は！　風になる！」
ブドウ畑の上空を、風に漂い、一羽の大きな鷹が、悠然と、舞っていた。
葡萄畑の先、通りに面して立つ道路標識には、
【ビアンヴィニュ（歓迎）　ジュヴレ・シャンベルタン村】の文字が記されていた。
シャンベルタンは、ワインの王などとも呼ばれ、皇帝ナポレオン ボナパルトが、
愛飲したワインといわれている。

「ロード練習に行ってくる」

朝食が済んで、ポールが、席を立って部屋を出た。

それを聞いた風太は、目を伏せて、落ち着かない表情に変わる。

「あの～、昨夜の話し、ドメーヌの見学なんですけど、・・・　・・・」

モジ、モジしながら、
言い出しにくそうに、ドメーヌの当主である、ポールの父親に話しかける。

「分かっているよ」

「まずは、ポールと練習しておいで」

「見学は、またの機会にしょう」

ポールの父親は、風太の心情を心得たものである。

「そうじゃな、わしも現役の頃はそうじゃったが、ライバルが練習しているのに、休んでなんか、いられない、と常に思っておったわ」

お爺さんは上目づかいに、天井を見上げると、昔を懐かしむように、風太へ語りかける。

「何と、言っても、ロードレースは、持久力を競い合う競技じゃ」

「持久力を高めるためには、日々、たくさん走り込むしかないんじゃ」

「また、プロレーサーの多くが、ドーパミン依存症（中毒）といっても、よいじゃろう」

「風太も、一日、一度は、ドーパミンやエンドルフィンなどを、放出しないと精神的に落ち着かないような身体になってしまっているんじゃ」

「普通の人でも、ジョギングを日課にすると、たとえ嵐の日ですら走りたくなる」

「走らないと落ち着かない身体になってしまう人がいる」

「ランニング依存症と言うやつじゃな」

「中毒患者さんの風太、ポールが出掛けてしまう前に、早く支度して、行きなさい」

「はい。ありがとうございます。行ってきます（俺は！　風になる！）」

依存症患者と呼ばれた風太であったが、嬉しそうに返事をすると、勢いよく部屋を飛び出した。

「待って、ポール」

ポールが出掛けるのにギリギリ間に合った風太は、自転車を携え、レーサーシューズのクリート（靴底のペダルと固定する部品）を、カチ、カチと、響かせて、元気よく、駆け寄った。

「よろしくお願いしまーす」

「なんだ、少しは礼儀正しく、挨拶できるじゃないか」

「おう、分かった、よろしく」

敢えて、少し尊大な物言いを装い、応答するポールは、風太を連れていつものコースへ、練習にでるのである。

「あー、この丘、この青空、開放的で、いい景色だなぁー　ー」

昨夕は、ハンガーノックと迷子のダブルパンチをくらい、周りの景色を眺めている余裕など全く無かった風太であったが、改めて美しい丘陵が続く、辺りを見回し、感嘆の声を上げたのである。

「今、走っている道は、グラン　クリュ街道と呼ばれる街道で」

「ご覧の通り、見渡す限り、辺り一面、全て、ブドウ畑さ」

「世界中のワイン愛好家が、憧れる土地なんだから、当たり前のことさ」

少し冷たい風に吹かれながら、先頭交代を繰り返す、ふたりのサングラスに映し出されたブドウ畑が、ゆっくりと流れて行くのである。

「今は、まだ、冬で、枯れ野のようだけど、もうすぐ、緑の世界に生まれ変わる」

「特に秋には、紅葉して、息を呑むような絶景に変わるんだ」

「こんな、もんじゃないぜ」

トリコロールのヘルメットを被ったポールは、サングラスの奥の瞳を輝かせながら饒舌に語るのである」

「もっと、いい景色になるのかぁー、凄いなぁ」
・・・・・・「それじゃぁ、もしかして、きれいに並んだ、あの低くて、ちっちゃいのが、ブドウの樹？」
「フランスのブドウの樹は、どれも、これも、低く、小さくて、変わっているね」

「日本のブドウの樹は、背が高くて、大きかったけど・・・・・・」

日本で広く行われている、樹を大きく高く育て、ブドウを頭上に実らせる、棚栽培と呼ばれる仕立て方は、世界的には、少数である。

風太は、大宮競輪場をホームバンクにする、競輪選手会埼玉支部に所属する選手だが、ナショナルチームの合宿などで、頻繁にブドウの産地として有名な山梨県を訪れていた。

山梨県に競輪場はないが、境川自転車競技場があるのである。

渡仏の前にも境川を訪れ、近くの石和温泉（笛吹市）を訪ねていたのである。

種なしブドウの発祥の地である石和温泉は、ブドウの産地としても有名で、その石和温泉で、棚仕立てのブドウ畑を、数多く、目にしていたのである。

「変わっているのは、日本の方さ」

「これが、世界的な常識なのさ」

世界的には、整然と畝（列状）に、樹々の間隔を狭めて密に植え、低い位置に果実を実らせる垣根栽培と呼ばれる仕立て方が多いのである。

「そこと、向こうに見える畑が、うちの畑」

「昨夜、飲んだワイン、ピノ・ノワールの畑さ」

「どっちの畑もグラン・クリュ（特級畑）だぜ」

右に見える丘の上方を右手で指し示し、軽めのギヤ比で、リズミカルにペダルを踏む、ポールは実に誇らしげである。

「グラン クリュって？　なに？」

「ブドウ畑の格付けさ」

「じゃ、さぁー、日本の山梨（石和温泉）って所のブドウ畑からは、温泉が湧き出したらしいけど、グランクリ湯、になるかなぁー　ー？」

「グランクリ湯♨」

「いい湯だなー　ー♬　ハ、ハァン、・・・・・・・♨？」

「いえ、いえ、グランクリュでしょ、ハ、ハ、ハ、・・・・・・」

この時の風太は、ボケと、ツッコミをひとりでこなし、誰もがドン引きするような、日本のオヤジギャグを飛ばすと、ひとりでウケて、ひとりで笑う。陽気で、呑気な観光気分であった。

「何を、ブツ、ブツ独り言ってんだ！」

「ブドウ畑に温泉は、珍しいけど、グランクリュに、なるわけないだろ」

「ワインの味は、ブドウが決め手なんだ」

生食用のブドウは、粒は大きく（果肉が多い）、皮は薄く（皮ごと食べられる）、種子が無い物が好まれるが、ワイン用のブドウに求められる要素は逆になる。

ヨーロッパのブドウの多くは、シャルドネやメルロー、ピノ・ノワールなどのヴィニフェラ種といわれるワイン用の専用種である。ブドウの実の中で、味の濃い部分は皮や種子と接する部分である。種子からは苦味成分のタンニンを抽出する。そのため、房は小ぶりで、粒も小粒、種子と皮の比率が多く、食用となる果肉部分が少ない方が、より凝縮され、味わい深いワインとなるのである。

「ブドウは品種が同じでも収穫される畑のテロワール（生育地の地理、地勢、気候の特徴）に大きく影響を受けるんだ」

「だから、ここ、ブルゴーニュ地方のブドウ畑は、テロワールの良さの順番に、格付けがあるのさ」

「ポールの畑は、日本の競輪の格付けだと、S級一班って、ことだね」

「競輪の格付けはよく分からないけど、うちの畑は、最上級だってことさ」

ブルゴーニュ地方のブドウ畑は上位からグランクリュ、プリミエクリュ、以下、格付け無しの、村名ワイン、地区名ワイン、地域名ワインと分けられている。

フランスに於いては、ボトルのエチケット（ラベル）の表記にも、日本以上に様々な規則が定められており、グラン クリュと書かれたものはグラン クリュの畑で採れたブドウのみが使用されているのである。

「この街道沿いに、グラン クリュが点在しているから、グラン クリュ街道さ」

「俺のホーム グラウンド」

「ツール（ツール・ド・フランス）のコースにもなった街道さ」

ピカ、ピカと、ポールの自転車に付けられた銀輪に陽射しが反射して光り輝く。

「そうなんだぁー ー！ ここをツールが走ったのかぁー ー」

風太は、右手の人差し指で、サングラスを少しずらし、流れ行く路面を肉眼で見るのであった。

眩い光りの中、風太の脳裏にツールの映像が浮かび上がった。意識の遠くで、居るはずのない沿道の観客の声が、アーレ、アーレと、こだまする。

「俺は！ 風になる！」

風太は、突如として、両手の握る位置をアップハンドルから下ハンドルに握り変え、ダンシングスタイル（サドルから腰を上げて）でダッシュし、スピードをグン、グンと上げる。昨日のバトルの再燃が、勃発したかのようである。

ひとり、自分の世界に入り込み、狂ったかのように、ペダルを踏んだ風太であった。

「なに！　いきなりペース上げてるんだ、オマエ」

何が起きたか分からぬまま、風太を追いかけたポールはようやく追いつくと、右手を風太の左肩に引っ掛けた。

「ゴメン、ゴメン、ツールと聞いて、つい、興奮して、モガキたくなっちやって」

風太は、ゼイ、ゼイと、荒い呼吸のまま、照れ笑いを浮かべ、赦しを乞うのであった。

「オマエは、闘牛の牛、みたいなヤツだなぁー、ハ、ハ、ハ・・・　・・・」

「解ってないなぁ、風太、オマエは」

「シーズン前の練習は、ロング　スロー　ディスタンス（スローペースでの長時間の有酸素運動）が基本だぜ」

「今の時期は、ベースとなる、持久力の土台作りだからな」

「闇雲に走るのは、素人のやることだ」

呼吸が、ゼイ・ゼイ（無酸素運動）にならないレベルの負荷、ハア・ハア（有酸素運動）レベルの運動を長時間行うことが持久力（循環器系の能力）を高めるために有効なのである。

「無酸素運動となる、もがく（ダッシュ）は、次の練習ステップさ」

「分かったか、風太、オレの練習ペースを乱すんじゃねえよ」

「うん、分かった、ゴメン」


風になびく雲は、走るふたりを追い続け、雲間からこぼれる陽の光りは、スポットライトのように、ふたりを照らし続けるのであった。

この奇跡のような光景は、この秋、ここ、グラン クリュ街道で繰り広げられたレースを予感するのに充分であった。

滞在、2日目の夕食時、テーブルには昨夜と同様にまるで金魚鉢のように丸く大きなワイングラスが置かれていた。ブルゴーニュ型といわれるワイングラスである。

「夕食、できたわよ～」

家中に響き渡るようなポールの母親の大きな声に促され、皆がテーブルに着席する。

風太も、それがごくあたりまえのように、ポールの隣の席に座った。

「けど、さぁ、風太、オマエなぁ、いくらお爺ちゃんが、泊まっていけ、って言ったって、少しは遠慮するもんだぞ」

「3食付きで、居候なんて、ちょっと図々しいんじゃないか、オマエ」

風太は、何も返事をせず、少しだけ気まずそうに装い右手で、ポリポリと頭をかきながら、照れ笑いを浮かべた。

「いいじゃないの、遠く日本から来た自転車仲間、レーヴェのチームメートなんだから」

「こうして、食事を作るのは、お母さんなんだし」

「ほら、ポール、風太にワインを注いであげて」

キッチンの流し台から振り返るポールの母は、笑顔が弾けて楽しそうである。

「そうじゃ、そうじゃ」

「来週までの短い間じゃ」

お爺さんも嬉しそうに同調する。

「もう――」

「みんな、風太に、甘すぎるんじゃないか」

「こんな、ヤツに・・・・・・」

渋々、風太にワインを注ぐポールは、まだ、何やら、言いたげである。

「あのさぁ、ポール。俺に、もう少し、ワインを注いでくれない」

「なんで、こんなに大きなグラスに、これっぽっちしか注いでくれないのさ?」

風太はモノ欲しそうに、上目づかいで、ポールをみながら語りかける。

「ハァ～」

深いため息をつき、呆れ顔になるポール。

「いや、いや、そうじゃないんだよ」

「もともと、ワインはグラスにたくさん注ぐものじゃないんだよ」

傍らのポールの父が、周りに目配せしつつ、少し困惑した表情ながらも、笑顔で、風太に語りかける。

「ビールのように、ゴクゴクと、いっきに飲む、飲み物じゃない」

「食事と併せて少しずつ、ゆっくりと味わうものじゃ」

「特に、ワインは、香りが大切じゃ」

「香りを愉しむ、飲み物だからじゃな」

お爺さんは、大きなワイングラスを揺らし、口もとへ運ぶと、軽く目を閉じ、鼻から大きく息を吸って、諭すように呟く。

「風太よ、グラスをよく見てみろ、まるで金魚鉢のようじゃろ」

「先は、少しすぼまって、アーチがかかっている」

「金魚鉢は、魚が外へ飛び出さないためじゃろうが」

「ワイングラスは、ワインの香りを逃がさないための形状じゃ」

「グラスのワインを満たさずに空いた空間は、香りのための空間じゃ」

「風太、試しに、鼻をつまんで飲んでみろ」

「あれっ？　まるで、味も香りも、よく分からないや？」

左手の親指と人差し指で鼻を摘み、鼻声で応える風太は、少し、まの抜けた顔つきである。

「そうじゃろ」

「味覚と嗅覚の信号が脳に送られて、風味が形成される」

「嗅覚は、味覚の1万倍、鋭敏だと言われておる」

「美味しいかどうか、を決定する重要な要素が香り、嗅覚の充足感と言う事じゃ」

「だから、このようなワイングラスを使い、少量だけ、注いで香りも充分に味わう」

「こうして、スワリング（揺する）と、より香りが引き立ってくるのじゃ」

お爺さんは、グラスを鼻に近づけ、大きく香りを吸い込むと、うっとりした表情で語りかける。

「う～ん、良い香りじゃ」

「へぇ～、そうだったんですね」

「グラスをグル、グル回しているのも」

「ただ、気取って、カッコつけているだけ、だと思っていたけど、違ったんですね」

「まぁ、機能性に優れたワイングラスは視覚的にも美しくもあり、テーブルを演出するから」

「インスタ映えも、するがな」

お爺さんは、そう、言うと、少し姿勢を正し、流し目を送り、ポーズを決めてワインを口にする。

「お爺さん、映え、分かるんですか?」

「当たり前だわい、年寄りをからかうもんじゃない」

「すみません。お爺さん、すっごく、映えてます! ワインって、奥が深いんですね・・・・・・」

「ところで、風太、人がワインに魅かれるのは、何故だか解るか?」

「考えた事もありません!」

「ア、ハハ、きっぱり、云うのう・・・、・・・。まぁ、正直で良いが」

「ドメーヌにいるのだから、空気を読んで、少しは気の利いた事をいうもんじゃ」

「ワシは、なぁ~、ワインは、人の五感を全て満たすからじゃと思う」

「グラスに注がれたワインは輝き、視覚を満たす」

「美しい景色や絵画も、視覚的な充足感を得る事ができるが、嗅覚や味覚を満たせない」

「こうして、ワインを口に運べば、唇や舌触りで触覚じゃ」

「えっーと、お爺さん、耳は? 聴覚が足りないんじゃない?」

「風太、良く考えてみろ」

「こうして、友や家族、恋人たち、楽しく語り合う時に、飲むのが、ワインじゃ」

「仲間との語らい。心地好い、音色じゃろ・・・・・」

「どうじゃ、五感、全てを、満たすじゃろ」

「そして、品種が同じでも、国や地域、収穫する年や畑ごとに違うワインとなる」

「ワインは、唯一無二の物じゃ」

「更には、ワインはボトルに詰められて後でも生きておる、時、時間があるんじゃ」

「だから、人々を魅了するんじゃ、と、ワシは思う」

「なるほど、お爺さん、解ります」

風太は、グラスを眺め、お爺さんを真似るようにワインを揺らし、口にすると、軽く目を閉じる。

（「俺は！　映えるぜ！」）

またもや、ひとり悦に入り、ニャついた顔で、すっかりドラマや映画の主人公気取りの風太。

カッコつけてワインを飲み、ウンチク話を垂れる人が苦手な風太であったが、日本へ帰ったら、新妻の祐香に（「レストランで、教えてやろう」）と思いを巡らすのであった。

渡仏して、早々に、ミイラ取りが、ミイラになっていたのである。

ワインこぼれ話
人が感じるワインの香りは、揮発性の成分である。
グラスをスワリング（グラスを廻す動作）する事により、より多くの香り成分が揮発するのである。
また、スワリングする事は、空気中の酸素と、より一層、多く触れる事に繋がり、閉じた香りが開くのである。（酸化による分子構造の変化）

「それに、風太は、ここへ来て間もない、この辺の地理を知り尽くしたポールが有利で、公平性を欠くじゃろう」

「だから、エルゴでの持久力テスト勝負じゃ」

「おぬしらもわかっている通り、自転車ロードレースに最も求められる能力は、持久力じゃ」

「持久力が勝敗を左右するのじゃ」

お爺さんは、エルゴメーターのペダルを軽快に踏みながら、滔々と力説するのである。

「必要な筋肉も瞬発的な速筋ではなくて、遅筋と言われる、筋持久力じゃ」

自転車ロード選手のタイプにも、平坦路でゴールスプリントを得意とするスプリンター、登坂を得意とするクライマー、平地も山岳もバランス良くこなすオールラウンダー、それぞれタイプがあるが、あくまでも長距離選手としての能力の中での専門性に過ぎないのである。

「もちろん、レースに勝つためには、相手との駆け引きや運なども必要じゃが」

「駆け引きをするにも、巡ってきたチャンスを活かすにも、その土台となる持久力が前提条件となるのじゃ」

「オマエ達も子供の頃に学校で、20mシャトルランや1500m走などの持久力テストをしたじゃろう」

「どう、じゃった？」

「ふたりとも、みんなよりも優秀だったじゃろう。少なくとも平均よりは上だったはずじゃ」

「持久力テストの成績が悪いのに、ロードレースが強いなんて言うのは、映画やドラマだけのおとぎ話の世界じゃ」

「自転車ロードレースは、持久力を競い合う競技だからな」

「持久力の優れた者だけが、プロロードレースの舞台に立つことができるのじゃ」

「心臓や肺の循環器系の能力と言ってもよいがな」

「（持久力勝負は、わかったけど、フランスに来て、いきなりエルゴかぁー　ー）」

「（俺、ローラー台やエルゴは、ストレスが溜まって、好きじゃないんだよなぁ）選り好み言って、すみませんが、外を走った方が気持ちいいんですけど・・・・・・」

「大丈夫じゃ。そこのテーブルの上にある、リモコンを取ってくれ」

お爺さんがペダルを回しながら、右手でリモコンのスイッチをオンにすると、前面の壁に、プロジェクター スクリーンが降りてきた。

「あと、スマホも頼む」

「はい。これ」

風太が、リモコンを受け取り、代わりにスマホを渡す。

「うーんと、どれだったかのう、こいつじゃ」

お爺さんの額にはうっすらと汗が滲み始めていたが、更にペダル回転数を上げていく。

一方で、右手の人差し指を、スワイプさせて、スマホを悠長に操作する。

エルゴメーターの前に設置されたプロジェクタースクリーンには、グランクリュ街道を力走する選手たちの映像が映し出された。

「すげぇー、この、臨場感」

風太は、画面のレースを食い入るように見つめ、興奮ぎみである。

「凄いのは、これからじゃ」

お爺さんが、スマホを片手に、指先を何回かスワイプさせると、画面が切り替わり3Gで作られた仮想空間に、アバターのサイクリストが現れた。
・・・・・・「えーっと、じゃな、新しいライダーの追加」
「ネーム　フウタ」

「そしてと、風太、身長と体重は？」

「はい。178cm、73kgです」

「それから、性別は、男」

「データ登録、OK，よし、完了じゃ」

「風太、変わって、サドルに座れ」

「それから、そこの心拍センサーを耳たぶにつけるんじゃ」

言われるままに、エルゴに跨る風太は、さっきまでの嫌そうなそぶりとは、うって変わり、楽しそうである。

「ねぇ、これ、ヤバイよ、ちゃんとペダルと連動しているみたい」

「俺が速く踏むと、アバターまで速くなる」

「お爺さん、ハンドル操作も、できるんですね」

「そうじゃ、いまどきのプログラムは、実に良くできておる」

「しかし、もっと、凄いのが、これじゃ」

「傾斜角、3%、入力と」

お爺さんが入力を終えると、画面が平坦から、登り坂に切り変わる。

「だだ、単純に負荷が、かかるだけでなく、登録したライダーの体重に応じた負荷が、かかるようにプログラムされているんじゃ」

「そして、もっと、凄いのが、これじゃ」

「風太、前を走る他のアバターに追いついたら、抜かずに後ろに付いてみろ」

「えっ！　軽くなった」

「そうじゃ、走行スピード表示は、変わっていないじゃろ」

「実走のように、きちんと、空気抵抗もプログラムされているんじゃ」

「スリップストリームも、組み込まれているんじゃ」

平坦な路面での自転車の最大の敵は空気抵抗、速度の2乗に比例して空気の抵抗が増加する。前を走るライダーの背後は空気抵抗が減少し、加えて、吸い込む乱気流を発生させる。そのため、後ろを走るライダーは、少ない力で、同じ速度を維持する事が可能になるのである。

「これは、実走のように、登坂（重力）抵抗や空気抵抗を再現する優れものじゃ」

「前おきが長くなってしまったが、勝負は5分間走じゃ」

「ケイデンス（ペダルの回転数）は、モニター画面を見ながら毎分60回転を常に維持する。速くても、遅くてもダメじゃ」

「5分経過ごとに負荷を上げていく、やがて能力の限界に達し、60回転を維持出来ず、55回転まで下がった時点で勝負の終了じゃ、よいな！」

「よし、やるぜーー、ポールには負けないぜ！」

「俺は　風になる！」

「俺だって、風太になんか、負けるもんか！」

来週にはチームメートになる二人であったが、眉間には深い縦皺が刻まれ、互いにに目をそらさず闘志、満々、みなぎる形相であった。

「それでは、先に風太から始めるとしょう。ふたりとも、良いな」

「はい、お爺さん」

「それでは、スタートじゃ」

「お願いします！」

風太は、かけ声とともに、上体を前傾させてハンドルを握ると、真剣な眼差しで、元気にペダルを回し始めるのであった。

スクリーンの背景が流れ、スピーカーからは、ピッ、ピッ、ピッ、と規則正しく、毎分60回に設定されたピッチ音が流れる。

風太を挟んでお爺さんと反対側で出番を待つポールは、ゴクリと固唾を飲み、食い入るように風太の挙動とスクリーンを見つめ続ける。

「風太よ、安静時（起床時）の脈拍数は、いくつじゃ？」

「32回（毎分）ぐらいです」

風太は、額の汗を拭いながら、少し荒い息づかいで答えながら軽快にペダルを回す。

「最大心拍数は？」

「196ぐらいかな」

「ほ、ほー、風太のエンジン（心臓）は、なかなか優秀そうじゃ」


成人の理想的な安静時心拍数は、1秒間に1回、毎分60回前後、規則正しくリズミカルに拍動するのが好ましいといわれている。

一方、自転車ロードレースやマラソンランナーなど持久力系を得意とするトップアスリートでは、毎分３０回ほどという選手も珍しくはない。心肺機能が強化される事により、１回の拍動でたくさんの血液が送り出されるからである。なお、持久系のトレーニングをする事により、安静時の心拍数は減少するが、同時に最大心拍数が低下する事が多い。最大心拍数があまり上がらないエンジン（心臓）も高性能なエンジンとはいえない。普段（安静時）は低く、いざという時には、高回転で動くエンジンを持つ、幅広いバンドを使えるアスリートの能力が高いということである。

因みに、最大心拍数は、２００～２１０から年齢を引いた数値が標準的といわれることが多いようである。

「呼吸が少し荒くなってきたな」

「ボチ、ボチ、ＡＴ値のようじゃな」

少しずつ負荷を上げていくと、有酸素運動から無酸素運動へ切り変わるＡＴ値と呼ばれる運動領域がある。取り入れる酸素では賄い切れない運動負荷を超えると無酸素運動の領域に入り、徐々に無酸素運動量が増加する。ＡＴ値を境に急激に呼吸数・心拍数が増加する。

　風太から迸る大粒の汗が床を濡らす。徐々に風太の表情の険しさが増してゆく。

「だが、案外と頑張るのう、風太は・・・、・・・」

「風太は、ＡＴ値を超えた有酸素運動と無酸素運動の両方の要素が入り混じる、中間域（中距離）の運動強度での持続力も優秀じゃ」

「トラック種目のパシュートやアワーレコード（I時間でどれくらい走れるかを競う）、個人タイムトライアル向きじゃな」

「ほれ、回転数が落ちたぞ！　風太、粘れ！　ソレ、ソレ！」

お爺さんの容赦のない、檄が、飛ぶ。
・・・・・「はい、そこまで、５５回転に低下。トライ終了じゃ」
　その時、モニター画面に映し出された心拍数は１９５を表示していた。風太の最大心拍数に近い数値である。

「風太の記録、３８分４８秒、なかなか良い成績じゃ」

「日本から来て、レーヴェと契約するだけの事はあるわい」

「風太よ、１５分間ほど、ゆっくりとクールダウンするがよい」

「はい。（あー、苦しかった）　ありがとうございました」

風太は開放された安堵の表情を浮かべて、ゆっくりペダルを回すのであった。


　アスリートにとって、レース後のクールダウンは、ウオーミングアップ同様に非常に重要である。急に動きを止めることは、身体に大きな負担となるし、軽い運動を継続することが速やかな疲労回復に繋がるからである。

　ツールなど大きなレースでは、途中で休息日があるが、選手たちは、休息日でも自転車に跨る。時速３０ｋｍを超えない程度のゆっくりとしたペースで３０ｋｍ～６０ｋｍほどの軽いサイクリングを行う。アクティブリカバリーである。身体を動かさず完全に休みを取るよりも、軽いエクササイズをして血流を促す方が疲労回復に効果的であるからである。

プロロードレーサーたちは、厳しい峠越え、２００ｋｍ以上、熾烈なレースをした翌日ですら、飽きずに自転車に乗るのだから、一般人の感覚では、甚だ異常である。

ただ、彼らが乗る本格的な自転車は一般的なママチャリとは違い、時速３０ｋｍ程度で走るのは、難しいことではない。例えば、ママチャリのタイヤ空気圧は、およそ３気圧程度が多いが、彼らが乗る自転車はその3倍、１０気圧だったりする。トラック競技だと、１５気圧以上入れて走っている選手も珍しくはない。高圧にする事により、乗り心地やグリップが悪くなるが、タイヤの変形エネルギー ロスや転がり抵抗が格段に減少するのである。車のコマーシャルで、タイヤはハガキ1枚分の接地面積などといわれるが、競技用自転車のタイヤ接地面積は小指の先ほどの面積である。

ごく普通の人でも、彼らが乗る自転車に乗れば、そこそこのスピードで走ることが可能なのである。

余談ながら、昔の競技場では、タイヤの破裂音が頻繁に発生していたものである。

タイヤ性能が悪いのに無理して高圧にしていたからである。

破裂するリスクを冒しても、速く走るために、たくさん空気を入れたかったのである。


「さて、ポール、次は、おまえの番じゃ」

風太、同様に、ポールのトライが続く、・・・・・。

やがて、

「やったぜ！　俺の勝ちだ！」

ポールは、息も絶え絶えながら、右腕を突き上げ、大声で叫んだ。

と、同時に、風太も叫ぶ、

「ずるーぃ、　ポール、俺の結果を知っているからだ、ギリギリまで我慢するなんて！」

「その後、直ぐに55回転を下回って、その先は維持できて、ないじゃないか」

「あと出しジャンケンと同じだ、ポール」

風太は、そりゃぁないよ、と地団駄を踏む。

「まぁ、待て、そう興奮するな、風太。そうじゃな、ポールも風太も、ほとんど変わらない、ポールの成績が僅かに良いだけじゃ」

「ポールが先に走り、フウタが後だったなら、風太が我慢して勝利を掴んだはずじゃ」

「おぬしらも薄々は気づいておったじゃろうが、おぬしらは同じぐらいの実力じゃ」

「当たり前の話しじゃ、同じチーム（カテゴリーが同じ）という事は、同レベル、そういう事なのじゃから」

「第1幕の勝負は、引き分けじゃな」

「ポールも、風太も、ちょうど良いライバルができたのぅ。良かった、良かった」

「ほら、お互いに握手せい、ほら、ふたりとも、笑顔を見せんかい」

お爺さんに促されながらも、背を向けあう、ポールと風太・・・・・。

釈然としない二人をよそに、お爺さんはふたりの肩を交互に叩き、高らかに笑うのであった。

地下ワインセラー

「風太、薄暗いから、足元に、気をつけて」

ギィー。

ポールの父親に導かれ、地下への階段を降る。かなり年季の入ったきしむ木製のドアを開けると、ランプのような光に照らされて、おびただしい数の木樽が整然と並んでいた。

「ん、・・・・・・？　暖かい？」

「これ、この樽、全部が、ワインですか」

「そうさ、ここは、ワインを熟成させる貯蔵室（セラー）だよ」

「室温は14℃ぐらいだから、冬だと暖かく感じるね」

「夏でも、17℃、曾祖父が、地下に作った天然のワインセラーだよ」

「凄げー　ー　！」

「何処かのパンフレットみたいな処が、本当にあるんですね」

「ハ、ハ、ハ、・・・・・・」

「こちら側の列が、去年、収穫したワイン。向こう側が一昨年に収穫したワインだよ」

「特別に、今日は、熟成中のワインを飲ませてあげよう」

ポールの父親は棚から大きなスポイトのような物とワイングラスを右手にすると、左手で樽の栓を外して、樽の上に置く。次に、空いた左手にワイングラスを持ち変えると右手の親指を立て、大きなスポイトを、栓の口から木樽へ差し込むのである。暫くして、ワインがスポイトの中に納まると、立てた親指を寝かせてスポイトの上口を塞ぎワインを取り出す。

「よし、順調だ!」

　薄暗い光の中だが、ルビー色に輝くワインが入ったグラスを光にかざす。

軽くグラスを回して、グラスに鼻を近づけ、香りを確かめる。

暫く、目を細め、天を仰ぐと、続いてゆっくりとワインを口へ運ぶ。

ポールの父親は、うっとりするような優雅な仕草で、熟成中のワインを確かめる。

「（ヤバッ）なんか、おじさん、カッコイィです、・・・・・」

思わず、風太は感嘆の声をあげるのであった。

「そんなこと言われると、照れるよ、風太、飲んでごらん」

「ほら」

「あっ、はい。ありがとうございます」

見惚れていた風太は、我に返ってグラスを受け取ると、ポールの父親の真似をしてワインを口にするのである。

「美味しいんですけど、昨日のワインの方がいいかも？　よくわからないですけど」

「風太は、ワインが分かるようだね」

遠い昔、度々、見る夢で聞いたセリフである。

「昨晩のワインは、飲み頃を迎えつつある、9年前のヴィンテージだからだよ」

「これは、まだ、まだ、若くて粗い、熟成中、熟成の足りないワインだからね」

「こうして、ゆっくりと時をかけ、ワインを寝かせるんだよ」

渋味の基であるタンニンは、時が経つにつれ、互いにくっつき合い（重合して）角が取れたようにまろやかな味わいになる。アルコールはエステル化して、芳醇な香りを産む。

熟成中、様々な変化が少しずつ起こり、ワインは妖艶な香りへと変化していく。

「ところで、風太、ワインは、どのようにしてできるか、知っているかい？」

「えっーと、ブドウを発酵させると、ワインになる・・・・・・」

風太は、頭を掻きながら、ボソッと、蚊の鳴くような小声で答えると、グラスに僅かに残っていたワインを飲み干した。

「当たりだよ、正解だ」

「えっ、正解で、いーん、ですか？」

「そうだよ、少し、詳しく教えてあげよう」

「風太、ブドウに無くて、ワインにある物は、何か、解るかい？」

・・・・・
「わからないかい？　風太。ワインを飲むと、なぜ、酔うのか、わかるかい？」

「ん〜、・・・・・、アルコールが、入っているから」

「そう、アルコール（エタノール）だよ」

「風太、アルコールは、どうして、できるのか、知ってるかい？」

「ブドウに含まれる糖分を酵母菌が食べる（代謝する）のが発酵だ。酵母たちは、実に凄い。私たち人間は、酸素が無いと生きていけないが、彼ら酵母たちは、酸素のある状態は勿論、酸素が無い状態だって、生きていける」

「彼らは、酸素が無いと、糖分を食べて、エネルギーを産み出す過程で、副産物としてアルコールと二酸化炭素を生成するんだよ」

スパークリングワインは、その酵母たちが生成する二酸化炭素を瓶内に、閉じ込めたものである。一部、コーラなどと同様に、機械で炭酸ガスを液体に溶け込ませるワインも流通しているが。

「ワインは、酵母たちが造ってくれる物、なんだよ」

ブドウを収穫したら、大きな木桶に、房ごと（全房発酵）入れて、軽く潰す。

潰れたブドウに酵母が出逢うと、発酵が始まる。

例えば、日本酒はご存知の通り、コメから造るが、コメを蒸すなどしてから麹を加え、澱粉を糖に変化させないとアルコール発酵は始まらない。一方、ブドウは元々、糖分を持つので、ダイレクトにアルコール発酵が開始される。

「発酵が始まると、ブク、ブクと、二酸化炭素の気泡が出てくるから、すぐわかる」

醸し期間中、ピジャージュといって、発酵で出る二酸化炭素で、浮き上がるブドウの皮や種子をワインの中へ沈める作業を、1日に2回（朝と晩）、2週間ほど繰り返す。

「ブドウの糖分を食べ尽くし、アルコール発酵が概ね終了する頃に、プレス機に入れてワインを搾るんだよ。そして、搾ったワインを、このように、樽に入れて、ゆっくりと、熟成させていくんだよ」

「そうなんですね。俺、何も、知らずに飲んでました」

ワインこぼれ話

醸造所により細かな違いがあるが、ブドウの種子も皮も一緒に発酵させて、その後、プレス機（搾汁機）で搾って、木樽などで熟成させるのが赤ワインを造る製法。

一方、始めにプレス機で搾って、ブドウから皮や種子を除いて、果汁だけを発酵させて造るのが白ワインを造る製法。

最近、流行のオレンジワインは、白いブドウを使い、赤ワインを製造する要領で造ったワインである。

その逆、ピノ・ノアールなど黒ブドウを使い、白ワインを造る要領で造ると、ブラン・ド・ノワールと呼ばれるワインができる。このワインは、ロゼワインのような色合いのワインが多い。

ロゼワインは、ボルドーなどでは、赤ワインを造る際の副産物として生産されることが多い。

ボルドーの主力品種であるカベルネ・ソーヴィニョン、カベルネ・フラン、メルローなどの赤ワインを造る際に、より赤色の濃い、濃縮した味わいのワインを作るために、果肉部分の透明な果汁を、発酵前、もしくは発酵初期の段階で引き抜くのである。セニエ（血抜き）と呼ばれる作業である。

黒ブドウでも実際に色素が有るのは果皮の部分とその直下の境界部分であり、果肉には色素が無く透明な果汁である。故に薄い部分を引き抜くのである。

セニエで生じるロゼ色の果汁が、ロゼワインの正体であることが多い。

「おお、来たか、ポール」

「お父さん、セラーに行くなら、俺にも、声をかけてよ」

「今日は、ウィヤージュ（補酒）を、する日でしょ」

木樽からは、木の細胞を通してワインが自然に蒸発して減少する。腐敗防止のために樽のワインは満量を保つ必要があるので、貯酒・熟成の期間中、概ね、7日から10日ごとに、減少した分のワインを補充するのである。

古くからワインが蒸発して減るのは、いたずらな天使たちが、皆が寝静まった夜の間に、こっそりと、ワインセラーに忍び込んで、飲んでいると伝えられ、天使の飲み分、と言われている。

「俺も、将来、選手を引退したら、お父さんの跡を継ぐのだから、なるべくワイン造りを見ておかなければならないからね」
「そうだな、ポール」
「ただ、ウイヤージュは、お前たちが練習に出掛けている間に、終わらせておいたよ」
「今は、風太に、セラーを見せてあげているだけさ」

「へぇ、ポールは、引退後の人生設計も出来ているんだ」

「そうだよな、ドメーヌの息子だもんな、俺なんか、引退後なんて、何も考えてない」

「（お父さんの跡を、継ぐかぁ、・・・　・・・）」

「どうした？　風太、なに、ブツ、ブツ、独り言を言ってるんだ」

「おかしな野郎だな、オマエ」

「ゴメン、ゴメン・・・　・・・」

風太の脳裏には、例の如く、過去の記憶が蘇えるのであった。

自分がまさか、この先、ポールと同じくワイン醸造家になるとは、夢にも考えていない風太であった。

ただ、風太に吹く運命の風は、確実に吹き始めていたのである。

「おはようございます」

風太が皆より少し遅れて朝食の席に着くと、ポールはもう、既に食事を終えようとしていた。

「ポール、今朝は、起こしに来てくれなかったんだね」

「風太、俺は、オマエの目覚まし時計じゃないんだぞ」

「分かっているよ、ポール。目覚まし時計はアラーム音以外に、余計なことは、言わないからな」

「なにぉー、このボケ」

「まぁ、まぁ、ふたりとも本当に仲が良いわね、おやめなさい」

「風太、さぁ、どうぞ、召し上がれ」

ポールの母は、いつもの笑顔で、手際よく、こんがりと焼いた、トーストとスクランブルエッグを並べるのである。

「だって、こいつ、居候のくせに、図々しいんだよ」

「風太、今日は、オマエとは、一緒に練習に行かないからな」

「何で？　ポール。今日は、休み？　練習に行かないの？」

「日曜日は、ポールが子どもの頃から所属するアマチュアチームの走行会だからじゃ」

プロロードレーサーはシーズン中、世界各地を転戦して地元を離れるが、レースの合間やオフシーズンの間は、元のアマチュアクラブチームの集まりに参加する選手も多いのである。

「ポール、風太も連れって行ってあげたら」

「レーヴェへ、新加入するプロレーサーが来れば、クラブの皆も歓ぶでしょう」

「えー、行きたい、俺も、行きたい、ポール様！　お願い」

「この野郎、こんな時だけ、様をつけやがって、もー　―」

「ポール、今日は、アニーも来るのか？　アニーに会いに、わしも、行こうかのう」

「おじいちゃん、アニーは俺の彼女で、おじいちゃんの彼女じゃないんだからね！」

「分かっておるわい、他にも若いレディが、たくさん来るからのう」

「若いもんと話すのは楽しい、わしも、行く」

毎回、おじいさんが来ると、話しに夢中になり途中、休憩時間が長くなるのである。

「女の子もたくさん？　俺も行く、ポール様、お願い、連れてって！」

「でも、待てよ。俺には、祐香がいるしなぁ、困ったなぁ・・・・・・」

風太は、ニヤケた顔で天井を見つめながら、頭を掻くのである。

「困らん！　風太、オマエ、何を勘違いしているんだ」

「お見合いパーティーに、行くんじゃないんだぞ」

「練習に行くんだ、それに、何を飛躍してるんだ」

「誰も、オマエを好きになるはずないだろうが！」

「ポール、風太も連れていってやろうじゃないか」

「風太、ところで、祐香とは、誰なんじゃ」

「俺の奥さんです」

「風太、風太はもう、結婚しておったか」

「はい。つい先日、日本を発つ前に、式をあげたばかりです」

「ほ、ほー、新婚ホヤホヤで、フランスへ武者修行とは、おぬし、つくづく本気じゃな」

「はい（「俺は　風になる」）、めっちゃ、本気です」

「おじいちゃん、風太のどこが、・・・・・・、本気なの？」

「若い女の子たち、と聞いて、鼻の下を伸ばしている、風太のどこが・・・　・・・」

「まぁ、まぁ、良いじゃないか」

「風太がレディたちに、チョッカイを出さぬように、わしが、しっかり番をしてやろう」

「風太、今日は、ワシから離れるでないぞ」

「でも、さぁ、おじいちゃん自身が、信用できないんだよなぁ・・・　・・・」

「ポール、何を言っておる、わしを信頼せい」

「オマエとアニーの邪魔は、せんから安心せい」


「お爺ちゃん、風太、ふたりとも、あれほど言ったのに、もうー――！」

「いつまで経っても、来ないから、戻ってくれば、これだ」

「なんで、女の子たちに混じって走ってるのさ」

「ポール、そうじゃない」

「アニーたちに『私たちと一緒に走りましょう』と誘われんじゃ」

「本当に？　ごまかさないでよ、お爺ちゃん」

「本当じゃて、なぁ、アニー」

「そうよ、ポール、私たちが、お爺さまたちに、お願いしたのよ」

「ほら、わしが言う通りじゃろ、ポール」

「俺、モテちゃって、モテちゃってさ」

風太は、誇らしげに、ドヤ顔して、ポールへ話す。

「アホか、風太。彼女たちは、オマエを動物園の珍獣だと思っているだけさ」

「ただ、珍しいだけだ、というのが分からないのか」

「ポール、目くじら立てずに、オマエも、わしらと一緒に走ろう」

「むさ苦しい男たちだけで走るよりも、ずっーと、楽しいぞ」

「レディたちの後ろを走ると、彼女たちから、香水の良い香りが流れてくる」

「汗臭い、男たちよりも、ずっと、良い。寿命が伸びるわい」

「なぁ、風太、オマエも、そう、思うじゃろ」

「はい。お爺さん、俺もお爺さんと一緒に、グルペット集団で走ります」

「・・・・・と、いう、事じゃ、ポール」

「皆、仲良く、グルペットじゃ」
・・・・・・「もー、だから、ふたりとも連れて来たくなかったんだ・・・・・・」

グルペットとは、アルプスなど山岳ステージの登坂で、メイン集団から遅れてしまった選手たちが、互いにライバルチームの選手とも協力し合いながら、制限時間内にゴールを目指す集団をいう。ステージレースでは制限時間内にゴール出来ない選手は失格となり、翌日のレースに出場する権利を失う。


「改めて、紹介しょう、彼女の名前は、アニー」

「コイツは、今季、レーヴェに、レンタル加入する、日本人レーサーの風太」

「風太は、我が家に巣くう、居候だ！」

「ポール、いや、いや、違うでしょ。俺は、チームメート、大切なゲストでしょ」

「ところで、アニーも、プロレーサーなの？」

「いえ、いえ、私は、違うわ、趣味の領域で自転車を楽しんでいるだけ」

「アニーは、リヨンのレストランで、ソムリエをしているんだ」

ソムリエの資格はフランスやイタリアなどでは、国家資格。日本では、民間資格である。

「最近、私の周りで、日本人、増えてるわ」

「私の働くレストランでも、厨房にスーシェフ（ナンバー２）として、先週から日本人が来ているわ」

「オーナーは、もう、殆ど厨房に立たないから、実質的なナンバー１としてきている人」
・・・・・・、「そうね、その人、風太に、なんとなく似てるような、気がするわ」
「目もとの印象なんか、そっくりよ」

「何で、なのかしら。私の目には、東洋人は、みんな、似て（同じ）見えるかもしれないわ」

「アニー、分かる、分かる。俺も東洋人は、みんな、似て見えるよ」

カヌレ・ド・ボルドー

「今日はね、お土産があるの」

「私ね、昨日まで、実家に戻っていて、カヌレをたくさん買って来たの」

「アニー、これ、美味しい！　これ、カヌレっていうの？」

風太は、アニーから貰った、お菓子をモグ、モグ、と頬ばり、菓子の名前を知らぬことが、ごく当たり前のように問いかける。

「風太、オマエ、まさか、カヌレを、知らないのか？」

「オマエってヤツは本当に、つくづく、何も知らないヤツだなぁ」

「外側はカリッと、内側はモッチリとした濃厚な味わい」

「フランス伝統菓子の、カヌレを知らないなんて！　恥ずかしいヤツだな」

ポールは、いつものように風太をからかうのである。

「なにっ！　ポール、じゃあ、オマエは、十万石まんじゅう　って、知っているか？」

「なんだ、それ？」

「『旨い、旨すぎる、十万石まんじゅう(^^♪)』埼玉県民なら、誰でも知ってる銘菓だぞ」

「サイタマ？　メイカ？　そんな、ローカルな物、知るか！」

「それじゃあ、京都の八ッ橋なら、どうだ！」

「日本人なら、誰でも知っているぞ」

と、風太は額に青筋を立てながら、むきになって言い返す。

「んー、風太、オマエはバカか、知るわけないだろー　―」

「それみろ、オマエだって、何も知らんじゃないか！」

「風太、よく聞けよ、フランスのカヌレは、特別だ！　日本のお菓子と一緒にするな」

「正式には、カヌレ・ド・ボルドー、っていう名称だ」

「カヌレはなぁ、ワインと深い関係がある」

「ボルドーの修道女の考案で、作られたお菓子なんだ」

「ワインを清澄させる時、濁りの元になる成分を卵白に付着させて除去することがある」

「使うのは卵白だから、余る卵黄を有効活用するために生まれたのが、カヌレなのさ」

他にも、ワインとキリスト教の修道院は密接な関わりがある。

最後の晩餐で、イエスキリストは、「パンを我が肉体、ワインを我が血」として弟子たちに与えたといわれ、キリスト教の儀式で、パンとワインが使われるようになり、布教とともに世界へ広まったのである。

シャンパンの発明者と言われる、ドン・ペリニヨンもベネディクト会の修道士である。


「さぁ、さぁ、ふたりとも、いがみ合ってないで、カヌレを、もうひとつ、どうぞ」

「アニーは、フランスのボルドー、メドックの出身さ」

「ん、・・・・・・、メドック、メドック、あっ！　俺、知ってるよ」

「仮装して、ワインを飲みながら、フルマラソンを走る」

「メドックマラソンのメドックだ」

「俺、いつかはエントリーしたいと思ってたんだ」

「へぇー、風太、メドックマラソン、知ってるの」

「私は去年、魔女の格好して、42．195km完走したのよ」

「アニーは、本当、可愛い美魔女だったよ」

ポールはズボンのポケットからスマートフォンを取り出すと、仰け反るように身を曲げながら自慢げに画面を見せるのである。

「でもね、私、ちょっと調子にのって、ワインを飲み過ぎて、酔っちゃったから、走れずに、殆ど歩きだったけどね」

「それに箒を持って、スタートしたんだけど、ゴールの時には持って無かったわ」

「辛うじて、魔女のとんがり帽子だけは、被ったまま、ゴールしたけれど」

「えっー、めっ、ちゃ！　楽しそう！」

「俺も、出たい、出たいー　―」

「風太、オマエなぁ、プロだろうが、プロサイクリストだろうが」

「ランは、ねぇんだよ」

「シクロクロスならともかく」

「トライアスロンの選手じゃないだろうが・・・・・・」

「んー、それも、そうだなぁ・・・・・・」

「そうよね、あなたたちはプロサイクリスト、今は自転車レースに専念して、引退した後で、みんなで出場しましょうよ」

シクロクロスとは、オフロードの周回コースでスピードを競う競技。自転車に乗り走行できない悪路区間は、自転車を担いで走る。ロード選手の冬場のトレーニングとして始まったと言われ、主に冬から春先に行われる。

風太、試される

「早いのう」

「風太、今夜、泊るのが最後で、明日からチーム（レーヴェ）に、合流じゃな」

「はい。お爺さん、皆さん、ありがとうございました」

「風太が、いなくなると、寂しくなるのう」

「遠征の合間に戻ったら、また、いつでも、家に来るが良い」

「はい。ありがとうございます。お言葉に甘えて、また、来ます」

「風太、オマエは本当に、図々しいヤツだな」

「ここは、俺の家で、オマエの家じゃないんだぞ」

「3食、ただ飯、食べて、こうしてワインまで、毎夜、ただ飲みしやがって」

「日本人は奥ゆかしいと聞いていたけど、オマエって、ヤツは・・・　・・・」

「あれっ？　ポール、これ、いつものワインと、違く？　ない？」

「ワインボトルに入っていないのは、風太のために、デキャンタージュしてあげたんだ」

デキャンタージュとは、ワインを別の容器（デキャンタ）に移し替えることにより、空気に触れさせて、眠っていた香りを引き出したり、まろやかな味わいにするために行う。また、オリ（沈殿物）を取り除く効果もある。

「どれ、どれ」

「あっ、お父さん、それはダメだよ。それは、風太、専用なのに・・・　・・・」

「あーぁ、もー　ー、お父さん」

「違うな　ポール、これは、ガメイじゃないか？」

「うちのピノ・ノワールじゃない。ポール、オマエ、いたずらしたな」

ガメイという品種は、日本では、ボジョレー・ヌーボーの品種として有名である。

毎年、11月の第3木曜日に解禁となるボジョレー　ヌーボーは、ブルゴーニュ地方のボジョレ地区で、その年、収穫されたガメイから造られた新酒（ヌーボー）である。

「えへへ、　ばれたか、風太じゃ、違いが、わからないと思ったんだけど・・・、・・・」

少しバツの悪そうに、頭を掻きながら、ほんの少しだけ舌を出して、笑顔で誤魔化そうとするポールであった。

「ポール、俺は、味のわかる男だと、言ったじゃないか」

風太は、身を仰け反り、勝ち誇ったように、薄ら笑いを浮かべてポールを見る。

「あのな、風太、ピノとガメイの違いぐらい誰でも簡単に解るさ（オマエじゃ解らないと思ったけどね）」

「偉ぶるんじゃない！」

「まぁ、まぁ、今晩がドメーヌで過ごす最後なんだから、ふたりとも、仲良くして」

そう、仲裁するポールの母は、いつもの調子で微笑むのであった。

「風太、今夜が最後だから、食後にゆっくりと、ブランデーでも飲まんか？」

「はい。お爺さん、ありがとうございます。いただきます」

「ところで、風太、ブランデーは、何からできているか、知っとるか？」

「えーと、ブランデーは、えーと、何だろう・・・・・・」

「ワインと同じ、ブドウじゃよ。うちじゃ造って、おらんがの」

「ブドウかぁ～、このいい香りも、もとはブドウだったんですね」

「ワインを蒸留して造るってことですね。ぜんぜん知りませんでした」

ワインこぼれ話

酸化防止剤（亜硫酸）無添加のワインには、亜硫酸が入っていないと誤解している消費者が多いが、あくまでも人為的な添加がされていないだけであり、基本的に亜硫酸の入っていないワインは存在しない。何故ならば、アルコール発酵の副産物として、酵母が多かれ少なかれ亜硫酸を生成するからである。

決別の時

「お義父さん、美樹と風太を返してください、お願いです」

「お義父さん、だと！　・・・・・・」

「キサマに『お義父さん』と云われる、いわれはない！」

「見習いコックのキサマに、美樹の治療費が出せるのか！」

「私は、オマエたちの結婚は、認めておらん」

「キサマが、美樹をたぶらかし、フランスまで連れ出した」

「そして、キサマが美樹を病気にした」


暗い、暗い、闇の中。

彷徨い続ける、ひとりの男。渾身の力を振り絞るが、足はもつれて動けない。

右手をピンと張り出し、身もだえながら、ひたすらに闇を掴むのである。

「美樹、美樹―　―　、・・・・・・」うなされ、ハァ、ハァと激しい息づかいで、ベッドから上体を起こした、この男。冬だというのに寝汗で、びっしょりとなるほど、シャツを濡していた。

この男の名は、望月健一。そう、風太の父、本名は、草間信太、その人なのである。

草間信太は、妻の病を知ると、己を偽り、自ら、悪者になり妻に別れを告げたのである。


「風太、パパはね、暫くお出かけすることになったのよ」

「ほら、手を振って、パパをお見送りしましょう」

「ねぇ、お父さんは、いつ帰って来るの？」

草間信太が妻子の元を去る時、風太はいつものように笑顔であった。父親が、母と自分を置いて、もう、戻らないなど思いもしない。

「あのね、・・・・・・、ずっと、先、・・・・・・」

言葉に詰まる美樹。風太と手をつないで信太を静かに見送る、その瞳には溢れんばかりの涙が潤むのであった。

冷たい雨の降りしきる中、夕闇に照らされた、信太のシルエットが、少しずつ小さくなる。

美樹は、自身が発病してから、夫の信太が苦しんでいるのを知っていた。

信太が、わざと私に辛く接するのも、私を実家に帰すための芝居だと気づいていた。だが、このまま信太のそばに居れば、余計に信太を苦しめる。美樹は、信太の気持ちが、痛いほど分かっていたのである。

互いに本心を知りながらも、離れるふたり。
運命の風は、激しい嵐となって。家族を引き裂いたのであった。
追い討ちをかけるように、烈しく吹き荒れる風は、容赦なく残酷な牙を剥く。
紅葉が鮮やかであった病院の中庭の木々も、僅かな葉を残しているのみであった。
時折り強さを増す、冷たい風が梢を揺らすと、色あせた葉が、1枚、2枚、ヒラヒラと
宙を舞う。

「風太、パパを許してあげて。パパを、恨まないでね・・・・・・」
帰国後、懸命な治療が試みられたが、半年ほどして、美樹は、帰らぬ人となった。
・・・・・「僕には、パパなんか、いない！」
「あいつは、病気のママから逃げたんだ！」

「帰ってこない！　あんな、卑怯者！」

「ママ、ママ、・・・・・・」

温もりを失いつつある母の手を握り、病院のベッドにすがり、泣きじゃくる、風太。

父、草間信太が、妻子のもとを去る時、・・・・・・、苦渋の決断をしたと、理解するには、あまりにも幼い、風太だったのである。

草間信太の、一縷の望みは、美樹の死で、絶望へ変貌を遂げた。

以来、草間信太は、一切の過去を捨て、望月健一という偽名を使い、ひとりで暮らしているのである。

「望月、明後日の個室の予約は、地元の自転車チームだ」

「ローファットで、ボリュームのあるアスリート向けの料理を頼むぞ」

「はい。ソムリエのアニーから聞きました。心得ております」

「アニーの恋人、シャンベルタン村のドメーヌの跡継ぎ選手も参加する」

「メインディッシュに合わせるワインは、ドメーヌからの差し入れだよ」

「オーナー、シャンベルタンのヴィンテージ物に合わせる料理は作り甲斐がありますよ」

「私も、チームのサポーターとして、同席する」

「望月は、自転車レースには、興味がないか？」

「はい。あまり興味は、ありません、・・・　・・・」

瞳を曇らせ、伏し目がちに答える、望月健一は、嘘をついた。

あの日、家族と別れた、冷たい雨の日。以来、好きだったロードレース観戦をやめていたのである。

しばしば、妻と一緒に出掛け、息子を肩車して、レース観戦していた当時の夢をみる。切なさで圧し潰されそうになる、望月健一（草間信太）は、努めて、自転車レースを見ないようにしていたのである。

「望月も、フランス生活が長いようだから、わかるだろう」

「フランスで、自転車ロードレースは、人気スポーツだ」

「私はプロレーサーたちと話すのを毎年、楽しみにしているんだ」

「そう、そう、レーヴェでも、今季、日本人レーサーが、加入するそうだ」

「ん、・・・・・・、はて、何という名前だったか？」

「歳を取ると、物忘れが激しくていかんな」

「望月は、自転車に興味がないなら、まぁ、誰でも、良いか・・・・・・」

「とにかく、明後日は、よろしく頼むぞ」

「はい、オーナー」

まさか、わが子、風太が自転車選手になり、ましてや、プロレーサーとして、フランスに来ているなどとは考えもしない望月健一（草間信太）であった。


「ポール、監督に『ジャケット、着て来い』って、言われたけど、このお店、高級そうだね」

風太は店を見上げながら、少し緊張気味に語りかける。

「ここは、ミシュラン、星☆つきのフレンチレストランだからな」

「普段は食べられない極上のフレンチさ」

「いらっしゃいませ」

「えっ、アニー、どうして、ここに？」

「風太、アニーは、ソムリエだと言っただろう」

「この店は、アニーが、働くレストランさ」

「ここのオーナーシェフは、レーヴェの昔からのサポーターなのさ」

「だから、毎年、このレストランで、チームの顔合わせ会をしているのさ」

「へぇ〜、アニーは、ソムリエ姿も、超、カッコイイね」

アニーは、ファッション雑誌のグラビアから抜け出てきたような、全身を、黒で統一されたエレガントな衣装を身にまとい、胸元には、ブドウをモチーフにした、ソムリエバッジがキラリと輝いていた。

「ありがとう。改めていわれると、少し、照れちゃうけど」

「さぁ、奥へどうぞ」

「監督とメカニックも、席についているわ。他の選手は、まだ、来ていないけど」

風太とポールは、アニーに促され、店のいちばん奥にある個室に入るのである。

「ポール、風太、ふたりとも、ちょうど良いところに着た」

「先ほど、6日間レースの主催者から『誰か、いないか』と選手補充のオファーがきた」

「風太は、元々は競輪選手だから、トラック競技は好きだろう。出てみるか？」

「はい。監督、俺、走りたいです（俺は　風になる）、お願いします」

「ただ、オファーは、ケイリンなどの短距離種目ではない」

「メインのエンデュランス（持久力系）種目のオファーだ」

「2人1組のアメリカンレース（マディソン）のために、ふたりでエントリーする」

「風太はポールの家に、下宿していたそうだな。もう、気心も知れているだろう」

「ポール、風太と組んで走ってやってくれ。いいな」

「はい、監督、わかりました」

「あれっ？　ポール、どうしたの？　今日は、ずいぶんと素直じゃないか」

「風太、オマエ、いちいち、めんどくさい野郎だなー　ー」

「前から、6日間レースに出たいと思ってたんだ。何か？　俺と走りたくないのか？」

「いえ、いえ、そんなことないよ、ポール、よろしくお願いします」

他の選手たちも到着して、和やかに食事会が進んでいく。

「レーヴェの新戦力、ミスター・風太、どうですか、うちの料理は？」

店のオーナーは、ワイングラスを手にして、赤ら顔で、にこやかに話しかけるのである。

「美味しいです。フレンチなのに、なんか、懐かしいような気もします」

懐かしい味・・・・・・。目を閉じて一瞬、もの想いにふける風太であったが、想いを断ち切るように顔を震わせた。

ポールのドメーヌで、シャンベルタンの香りに出会った風太は、過去を回想することが増えていた。

「そうでしょう」

「懐石料理、和のテイスト、日本人の感性を取り入れた創作フレンチですから」

「うちのレストランでも、先日、レーヴェと同じく、日本人の新戦力を補強したんです」

「私も常時、厨房に立つのが辛い歳になってきた」

「そこで、スーシェフに、日本人を招いたんですよ」

「ここ、食の街、リヨンで、店を維持するためには、時代に即した新しいスタイルも、取り入れなければならないですから」

「彼は、遅咲きの料理人だが、実にセンスが良い」

「おかげで、昔からの常連さんにも好評で、私は経営に専念して、厨房は、彼に任せているんです」

「あとで、こちらにも挨拶に来ると思いますので、その時にでも、紹介しますよ」

「そうなんですね。アニーから、日本人が来たって、聞いていたけど」

「その人は、実力があるんですね」

「俺も、見習って、レーヴェで戦力になるように頑張ります！（俺は　風になる！）」

ひときわ目を輝かせて、曲げた右腕の拳を力強く握りしめる風太であった。

「ポール、風太。今夜のワインのセレクトはどう?」

アニーは、優雅にワインをグラスに注ぎながら語りかける。

ワインは、アニーのセレクトで、シャンパンに始まり、ロワールのソーヴィニョン・ブラン。ブルゴーニュ地方最北のシャブリ(シャルドネ)、そして、ポールのドメーヌで造られたヴィンテージ物のワイン(シャンベルタン)が供された。

「料理との相性抜群! さすが、アニー」

「ポールの家では、赤ワインばかりで、少し、飽き・・・・・・」

「な、なんだと! 今、なんて言った! 風太、飽きた、だと!」

「シャンベルタンに飽きたなど、オマエ、バチが当たるぞ」

「いえ、いえ、ポール、ごっ、誤解だよ。特にポールのドメーヌのシャンベルタンは最高」

「風太、何が、誤解だ、この野郎」

ポールは、右腕を大きく振り上げて、風太の頭を、ポカリと、叩く。

「アニー、こういうのをワインと料理のマリアージュ、って言うんでしょ」

風太は頭を掻きながら、ヘラヘラと笑い繕うのであった。

「風太、なに、誤魔化してるんだ」

「知ったかぶりするんじゃねぇよ、ワインのこと、分かってないくせに」

「ポール、『俺はソムリエに、なれると言われた』と言ったこと、あると思うけど」

「オマエなんか、ソムリエには、絶対に、なれん！」

ポールは、風太のワインを奪い取ろうと、手を伸ばす。

「俺はセンスあるんだ。分かってないなぁ、もー　―」

風太は、今度は上手くポールをかわすと、手にしたワインをスワリングして唇に運び、ニヤリと、笑いながら語りかける。

「ところで、アニー、ポールと、マリアージュ（結婚）するの？」

「風太、オマエ、なんてことを、聞くんだ！」

「オマエって、ヤツは、も―　―」

・・・・・「さて、どうなのかしら、ポールさん、・・・・・」

と言う、アニーは、いたずらっ子のように、笑みを浮かべて、ポールへ流し目を送るのである。

「俺、トイレに行って来るよ」

慌てふためくポールは、真っ赤な顔になり、席を立つ。

・・・・・「アニー、どうやら、ポールは逃げちゃったみたいね」

「そのようね」と笑う、アニーは、満面の笑みを浮かべていた。

ワインこぼれ話

人の感じる香りは実に曖昧である。例えば、青臭い香りのメトキシピラジンという、植物が動物たちに「まだ未熟だから、食べないで」というサインを送る物質があるが、少しだとキュウリや未熟なメロンのような香りがして、少し濃くなるとピーマンのような香りに感じる、もっと濃くなるとゴボウの香りがする。皆、同じメトキシピラジンであるが、濃度で違う香りに感じるのである。

因みに、ワイン用ブドウでは、カベルネ・ソーヴィニヨンやカベルネ・フラン、メルロ、アルモ・ノワールなどは、未熟果だとメトキシピラジンの含有量が多い。なお、白ワインでソーヴィニヨン・ブランなどに微量あると、ポジティブな評価をされることが多い。赤ワインでは、ネガティブな評価をされる物質である。

メインディッシュが済み、デザートが運ばれる頃、スーシェフの望月信太が、個室へ挨拶に訪れた。

「おお、来たか、望月、こっちだ」

スーシェフの望月健一が、個室の重厚なドアを開けると、気づいたオーナーは、右手を挙げて呼び寄せる。

「彼が、うちのスーシェフの望月です」

「望月、こちらが、レーヴェの監督をしている、リチャード」

「はじめまして、今夜の料理を担当した、望月と申します」

「監督、ようこそ、お越しくださいました。ありがとうございます」

「Ｍｒ望月、素晴らしい美味しさです」

「お陰様で選手たちも鋭気を養えることができ、今季、良い走りが出来ることでしょう」

「ありがとうございます」

「Ｍｒ望月、オーナーから聞いていると思います」

「チームも今季、日本人レーサーを迎えました」

「紹介しますね、あれっ？・・・・・・、風太は、何処へ行った？」

「ポールと一緒に、トイレに行ってます」

先ほどまで風太が座っていた、隣の席のチームメートが、応ずる。

・・・・・!!　「監督、今、誰って、言いました？　風太、ですって！」
「あぁ、日本人レーサーの名前は、風太だよ」

「監督！　み！　名字は・・・・・？」

望月は、突如、両腕で監督の肩を鷲掴みし、眼を剥き出しにして、問いかける。

「たしか、御牧（みまき）っていったかな。そう、御牧　風太という名前ですよ」
・・・・・「Mr望月、どうしました？　お知り合いですか？　」
雷に打たれたような衝撃を受けた望月は、ただ、譫言のように
「（風太・・・・・風太、・・・・・）」と呟くと、ジッと目を閉じて、その場に立ち竦むのである。
・・・・・、暫し、シーン、と静まり返り、その場にいた誰もが唖然とするさまが繰り広げられたが、堰を切ったのは、当人の望月であった。

「申し訳ございません。取り乱しまして」
「私は、その日本人選手を知りません。少し、勘違いを致しました」
冷静さを取り戻した望月は
「お騒がせ致しました。私は、厨房に戻ります」
と告げると、未練を断ち切るように、足早に個室を出たのである。

レストルームを出た風太とポールは、通路の先に慌てたように、個室を出て厨房へ向かう、白く長いコック帽を被った男の姿をチラリと目撃した。

個室に戻った風太は、チームメートから、訪れた日本人のスーシェフの様子が異様だったと聞かされるが、まさか、その望月というスーシェフが、自分の父親だとは微塵にも考えもしないのであった。

ポールの家でワインに出会って以来、最近、幾度となく想い起こす感情を消し去りたいと感じていたからかもしれない。

客席と厨房、たった1枚の壁。壁越しにすれ違うふたりの親子。

風太たちが店を後にする時、闇に紛れ、街路樹の陰から見送る、ひとりの男がいた。

そう、その男の名は、望月健一こと、本名、草間信太。風太の父である。

「風太・・・・・・」蚊の鳴くような声で呟く、父、信太。

・・・・・・「えっ、誰か？　俺を呼んだ？」

「誰も、いねえよ、風太、早く来い、置いていくぞ」

（おかしいな？　誰かが「風太って」、呼んだような気がしたんだけど・・・・・・）

冷たい夜風が吹きつける中、ただ、呆然と立ち尽くす、父、信太。

間近に居ながら、親子の間には、途方もない深くて大きな溝が横たわっていた。

父、信太の瞳から溢れ出す涙が、ゆっくりと、頬を伝っていくのである。

あの日、以来、遠ざかっていた、ふたりの親子。

風太と父に、吹く、運命の風は、少しずつ混ざり合い、次第に渦を巻き始めたかのようである。

それは、天国にいる母、美樹が導く、運命の風なのかもしれない。

6日間レース

日曜日、昼、6日間レースの最終日を迎えていた。

「風太、泣いても笑っても、今日が、最終日だ」

「挽回は難しいけど、がんばろうぜ！」

「しかし、最終日は、しんどいよなぁ」

「疲労が蓄積した中、昨夜までは、日付が変わった、夜中の1時までレースして」

「寝たのは3時過ぎなのに、もう、昼からレースがあるんだから」

「他の選手も条件は同じだけど」

レースは、6日間連続で行われる。

一晩で150km以上の距離を走る、苛酷なスケジュールである。

ロードレースが、オフシーズンとなる、冬季にヨーロッパ各地で開催される。

屋内競技場で19時ぐらいから開始され、日付を跨ぐ時刻まで開催される。

「それに、ポール、俺、このヴェロドローム（競技場）、まだ、慣れないよ。怖くて」

「ゆっくりコーナーを走ると、滑り落ちそうでさ」

「俺のホームバンクは、大宮双輪場の1周500メートルバンク、俗にいうお皿バンク」

「ここは、1周167メートルしかないから、お椀バンクも、いいとこ」

「めっちゃ、傾斜、きついじゃん」

「小回りバンクは、速く走ると遠心力が半端なくて、圧しつぶれそうだよ」

風太は、慣れない競技場で、珍しく少し弱音を吐くのであった。

「ただ、この雰囲気は、もう、最高！　出場して良かったよ」

「俺も、エンターテイナーになった、気分だぜ！」

競技中、大音響のBGMをバックに、DJが、ノリ、ノリのアナウンスで競技を盛り上げる。

競技の合間には、歌手などのタレントのステージも行われる。

トラック内のフィールドには、特設のレストランが設けられ、フルコースの食事&ワインなどを飲みながらレースを観覧することもできる。

エンターテインメント性が、重視されたナイトショーである。

競技のメインは、マディソン（フランスではアメリカンレースと呼ぶ）という、ふたり一組のチームで行なうポイントレースである。昔、アメリカ、ニューヨークのマディソンスクエアガーデンで、行われていたのが競技名の由来である。

他にエリミネーション（2周回ごとに最後尾の選手が除外されていく）やデルニーレース（電気やエンジンなど動力のついた自転車の後ろを追尾して走る）などが行われる。

脇役的ではあるが、ケイリンやスプリントなど、短距離選手も出場する大会もある。

因みに、使用される自転車は、ブレーキが無い。ギヤが固定されたトラック競技専用の自転車が用いられる。（ギヤ固定＝ペダルを後ろに回すと後ろに走る）

風太とポールの6日間レースの初陣は、出場、18チーム中、17位と、ブービー賞で幕を閉じた。

「風太、オマエのせいだ」

「俺のせいじゃないだろ、ポール」

「いや、オマエのせいだ」

「もーー、・・・ ・・・」

ふたりとも、互いの心の中では、敗因は共同責任だと、重々、分かってはいたが、大人になり切れていないふたりであった。

運命のレース

御牧風太が、フランスへ渡り、レーヴェで走るようになり、数ヶ月の時日が流れた。その間、精力的に走り、チームに貢献したが、個人的には、これといった良い成績を残せずにいた。日本で少しぐらい良い成績を残せても、本場フランスで活躍できるほど、プロの世界は甘くない。

プロのチームが参加するロードレースは、個人の成績を競う競技だが、チームとして出場し、チームのエース選手を勝たせるために、他の選手はアシストにまわるチーム戦である。

例えば、エースの選手の車輪がパンクした場合、アシストの選手は代りに自分の車輪を外し、差し出して交換する。他のアシスト選手は、風よけになり、エース選手を集団に復帰させる。（エース選手は先頭を走らないで体力を温存する）

集団から離れてチームカーから、ドリンクボトルや補給食を受け取り、他のチームメートへ届けるのも若手アシスト選手の役割である。

ちなみに、プロのロードレースでは、レースの勝負処ではない時点で、有力選手がパンクなどのアクシデントに見舞われた場合、アクシデントに乗じてアタックを仕掛けたり、ペースを上げるようなことはしない。相手の弱みにつけ込むようなことはしない紳士的なスポーツである。

「皆、よく聞いてくれ」

「残念だが、総合成績上位を競っていた、うちのリックは、昨日の落車の怪我で、今日から欠場する」

「そこで残りの3日間、うちのチームは（各日の）ステージ優勝狙いに作戦を変更する」
「今日のコース（グランクリュ街道）は、比較的平坦なコースだ」
「レースも終盤戦を迎え、総合成績を競う有力チーム同士は互いに牽制するだろう」
「総合成績に関係ない、総合下位の選手の逃げが決まりやすくなるので、チャンスが生まれる」

総合成績上位を争う選手を抱えるチームは、リスク軽減のため、集団が安定していた方が良いとの思惑が働くのである。そのためには、成績上位の順位に影響を及ぼすことのない、下位の選手の逃げが成功してくれた方が都合がよいのである。

「皆、積極的にアタックして、逃げを決めろ」
「特にポール、オマエは、地元だ」
「監督会議で、ゼッケンナンバー、46番は、地元、と伝えておいた」
「タイミング良く仕掛ければ、少し泳がしてくれるだろう」

選手同士もお互いさまなので、ゴール成績に関係しないような場面では、地元の選手に花を持たせることも多いのである。

「気合を入れていけ！」

「はい。頑張ります！」

ロードレースのプロチームはスポンサーの広告宣伝として存在している。選手は企業の名前の入ったサイクルジャージ（ユニフォーム）を纏いレースに出場する。

逃げ（集団から抜け出す）を決めると、中継カメラなどを独占することができる゠露出（目立つ）゠スポンサーの評価を得る。

ゴール前に捕まり（集団に吸収されて）ゴールした成績が悪くとも、目立つことができれば、一定の評価を与えられるのである。

ツールなどの大きなレースでは、レースコースに選ばれようと、ヨーロッパ中で、街をあげて誘致合戦が繰り広げられる。

レースコースに選ばれることは、街の栄誉であり、街の宣伝になり、経済的効果などを産むからである。

選手は、レースのスタートリストに、名を連ねるだけで、大きなステータスとなる。ましてや地元の出身選手は、成績下位であろうと、レースが来る数日前から、地元のテレビ局や新聞などのメディアが、成績上位のスターのように取り上げる。大きなレースで、プロレーサーとして地元を走ることは、故郷に錦を飾ることになるのである。

ヨーロッパでレースを観戦する子供たちは、その様な選手を間近に見て、将来、自分もプロレーサーになることを夢みるのである。そして、その中の一握りの選手が、実際にプロレーサーとなるのである。

大きなステージレースでは、スタートから数キロ、パレード走行を行うことが多い。

選手はウオーミングアップになるし、観衆は長い時間選手を観戦することができる、狭い市街地の道でいきなりハイペースでは事故の危険性も増すなどのためである。

パレード走行中は、審判車が先導して走り、（選手は先導車を抜いてはいけない）市街地を抜けた時点でコミッセールの振る旗の合図でレースがスタートする。

今日のレースは、パレード走行の終了の合図と同時に、アタック（逃げ＝集団から飛び出す）を仕掛ける選手が続出し、その都度、逃げが潰され、集団が不安定な状態が長く続いた。


「風太、もうすぐブドウ畑の丘だ。直に逃げた3人が捕まる。次、行く（仕掛ける）ぞ」

風太とポールは、集団が3人を吸収して、ペースが緩んだ隙をつき、直ぐにカウンターでアタックを掛けた。

「風太、後ろは追って来てない！　チャンスだ！」

ポールは、冷静に集団から30メートルほど、抜け出した時点で振り向き確認する。

「このまま踏めば、逃がしてくれそうだ。行くぞ！」

「おぉ、（俺は　風になる！　）」と、呼応すると同時に、

「風太、いけ！」

「風太、風になれ！」

「（あれっ？　誰かの声が聴こえたような気が・・・　・・・）」

振り返った風太はブドウの樹々に隠れるような人の気配を感じた。

ただ、この時、ペダルをがむしゃらに踏み続ける風太には、それを確認する余裕など、なかったのである。

レースを落ち着かせようとスピードを緩めた間隙をついて、ポールと風太は、アタックを仕掛けて、見事に成功したのである。

雲の隙間からこぼれる光が、グランクリュ街道を走るふたりの背中を照らす。

風太とポールの向かう、ブドウ畑の先には、大きな虹のアーチが、架かっていた。

まるで、神々が、ふたりを導いているかのように。

選手がゴールする街では、選手たちが来る前に、キャラバン隊といわれるスポンサーの宣伝車の車列がレースを盛り上げる。テーマパークのパレード、お祭りの山車のような隊列が選手たちに先駆けてやって来るのである。

スポンサーの中にはお菓子の企業がキャンディーを配ったり、ジュースやアイスクリームを配ったりするので、観客の子供たちにとっては、主役のはずの選手たちよりも、キャラバン隊の車列を楽しみに来る子供たちも多い。

ゴールまであと、３０ｋｍを通過。

「集団はまだ追い始めないようだな」

そう、チームカーを運転する、監督のリチャードが呟いたのも、つかの間、レースが動きだす。

この日のステージ優勝を狙うスプリンターを抱える有力チームが集団の前方に集結する。

「いよいよ、大集団が棒状になり、追撃の狼煙が上がりました」

チームカーを運転するレーヴェの監督、リチャードの耳に、興奮気味に話す、ラジオの実況中継のアナウンスが飛び込んでくる。


ゆっくりとペースで走る集団は、コース幅いっぱいに広がり丸く団子状態の隊列で進むが、ペースが上がると、空気抵抗を軽減するため集団は、棒状に引き伸ばされる。

集団でゴールスプリントするようなレースでは、ゴールが近づくとスプリンターを擁する有力チームによる激しいレースの主導権争いが始まる。選手たちは列車と呼ばれる隊列を組み、アシスト選手が先頭交代を繰り返してペースアップする。

そして、主導権を奪ったチームが最後の列車を牽引するのである。先ず先頭（1段ロケット）のアシスト選手が全力疾走し、力尽きると次のアシスト選手が全力疾走（2段目のロケット）、3段目、4段目、・・・・・・、エース選手が自力で勝てる位置までエースを導くのである。こうしてエース選手のために、力を使い果たしたアシスト選手たちは集団の下位でゴールをするのである。

「始まったか！」

「ポール、風太、後ろの集団が動き始めた」

「オマエたちも可能な限り、ペースを上げろ」

プロのチームが走るような大会では、走行中の選手は、イヤホン（無線）を装着して、チームカーに乗る監督の指示を受けて走るのである。

平坦なコースの逃げは、ゴール近くで図ったように、集団に飲み込まれるのが普通である。

大集団は、逃げられたのではなく、逃（泳）がしているだけだからである。小人数の先頭グループが逃げ切るケースは稀である。

イヤホンから、「死ぬ気で、ペダルを踏み倒せ！」

「ほら、もっと、踏め、ほら、もっと」

監督の容赦のない檄が飛ぶ。

最大、5分以上の差をつけた風太とポールであったが、その差がどんどんと縮む。

「だいぶ、詰められてきたが、ふたりのペース、悪くないな」

「監督、旗を見てください!」

「かなり強い、追い風です。ゴールまで追い風です」

と、助手席に座るマッサージャーが、右腕を窓の外に出して指し示す。

「もしかすると、逃げ切れる、かもしれないな」

「そうですね、ギリギリいけるかもしれませんね」


先頭を走るふたりが、ゴールまであと5キロメートルの看板を通過する。

「風太、(俺たち逃げ切れる、かもしれないな) 頑張ろうぜ!」

「オォー、もがいたるぜー ― (俺は 風になる!)」

風太とポールもかなり消耗していたが、追い風を背に受けて、手ごたえを感じていた。

この日、幸運の女神は、風太とポールへ、神風をもたらしたのである。向かい風や無風状態では、ふたりでハイスピードを維持することは難しいが、追い風ならば風を味方にすることができ、ハイスピードの維持が可能となる。

「残りの距離を考えると、ゴール直前で集団に飲み込まれるか、ギリギリだ」

「いいか、ふたりとも、ふたりで牽制する、猶予はない」

「ゴール直前まで、これまでの通り、ふたりで協力してゴールを目指せ」

「ワン、ツー、フィニッシュできれば、どちらが勝っても、ふたりの勝利だ。いいな」

風太とポールは監督に言われるまでもなく心得ていた。

ふたりの勝負、以前に、集団から逃げ切れることが先決であった。

ゴールまで、あと、30メートル、ようやく後ろを振り向き、勝利を確信したふたりは、ジャージのファスナーを閉じて身を正す。

(胸にプリントされた、スポンサーロゴマークのために)

ポールは、右手で十字を切って、天を仰ぐ。

風太は、右の拳を天に突き上げながら「俺は　風になった！」と叫ぶのである。

ゴールを通過する時、風太の右手とポールの左手は、空高く繋がれていた。


ふたりがゴールした15秒ほど遅れて3位を争う大集団がゴールへなだれ込んだ。

トラックの荷台に据付された大型スクリーンに、ゴールの映像が繰り返し、リプレイされる。

自転車レースでは、僅かな差を競うゴール勝負に於いてハンドドルを投げるという動作が頻繁に行われる。ゴール線を通過するタイミングで曲げていた肘を突っ張ることによりハンドルを送り出し、数ミリでも早くゴールを通過しようとするハンドル操作である。

ふたりの勝利であった。ふたりは、ハンドルを投げる、ことはしなかったのである。

暫くして、画面が判定のスリット写真を映し出すと、観衆からどよめきの声が聞こえたのである。

切れ目のない集団でのゴールは、集団の先頭と最後尾でタイム差がでるが、全て同タイムとしてカウントされる。

因みに、ロードレースの賞金はチーム全体で、山分けするのが普通である。


「ウイナー」

「フランソワ　ポール！」

「チーム　レーヴェ！」

司会者から本日のステージ優勝者として、ポールが、コールされる。

風太とポールの弾ける笑顔が、そこにはあった。

優勝したポールは、右手を大きく掲げ、観衆に手を振り、3位の選手、2位の風太と握手を交わしながら表彰台の中央へ登るのである。

そして、風太の腕を引き、風太を、中央へ引き上げた。

ポールに引かれて、（「俺も　？」）という表情で、遠慮がちに中央へ上がる、風太。

ゴールする瞬間、風太は、ペダルを止めた。地元であるポールに勝ちを譲ったのである。それについて、言葉を交わしていなかったが、ポールは、気づいていたのである。観衆から、拍手が湧き上がる。その場に居た誰もが、ポールと風太、ふたりが、中央に立つことに、異存は、なかったのである。

「コングラチュレーション」

表彰式、恒例の音響が鳴り響く中、大会オーガナイザーが背伸びをして、チャンピオンジャージをポールに着せる。

ポールは身を屈めながら、やや窮屈そうに袖を通して、胸元のチャックをキュと締めると、プレゼンテーターと握手を交わす。

風太とポールは、互いに、がっちりと肩を組みながら感慨深げに大空を見上げるのであった。

「おじいさま、ポールたち、やりましたね！」

「おお、あやつら、やってくれよったわい！」

「地元でのステージ優勝は、わしの現役時代の夢じゃった」

「わしは、幾度、挑戦しても、果たせなかったが、ポールと風太は、やりよった！」

集まったプレスのカメラからフラッシュの雨が降り注ぐ中、表彰台に上がった3人が花束と共に高らかに両腕を上げて歓声に応えると、更に観衆から拍手と歓声が沸き起こる。

「おじいさま、今年のヴィンテージ（ワイン）は、特別な物になりますね」

「そうじゃ、なにせ、うちのブドウ畑でアタックして逃げ切った、勝利じゃからな」

「ポールと風太を、見守ったブドウたちじゃからの」

「アニーにも、ゴールだけでなく、ブドウ畑でのアタックを見せてやりたかったわい」
・・・・・・「おあつらえ向きに、綺麗な虹も出とったわい」
「こうなると分かっていたら、私もブドウ畑に行けばよかったわ」


「ブドウ畑といえば、アニー、オマエさんのところのスーシェフらしき人を見かけたぞ」

「遠くて、はっきりとは、見えんかったがの。東洋人じゃ。赤いシトロエンじゃった」

「うちのスーシェフかしら？」

「スーシェフ、確かに、赤のシトロエンに、乗っているわ・・・・・・」

「でも、・・・・・・、おじいさま、違う、と思うわ」

「スーシェフ、自転車レースに興味がないって、言ってたわ」

「興味がないのに、沿道で観戦する訳ないものね」

「そうかの〜、人違いじゃったか、似ておったがのう・・・・・・」
・・・・・・、「あっ、おじいさま、でも、もしかしたら、もしかするかも」
「スーシェフ、面影が、風太に似てるし」

「そうよ！」

「それに、あの時（チームが来た日）、激しく動揺していたわ・・・・・・」

「ふ、ふーん、匂うわね」

「アニー、すまん、わしの加齢臭か？　毎日、しっかりボディソープしてるんじゃがの」

「・・・ ・・・、アニーはソムリエだから、匂いに敏感じゃの」

「いえ、いえ、おじいさま、そっ、そうじゃないわよ」

「風太と、うちのスーシェフよ」

「何かあるわ、あのふたり、調べてみる価値はあるわね」と、目を細めながら、ニヤリと笑う、好奇心の旺盛なアニーは、すっかり、名探偵気どりであった。


そんなことをよそに、笑顔でスパークリングワインをかけ合う、風太たち
「あっ、ポール、私にまでかけるのは、やめてよ！　もー　―」

飛沫の中で、大声をあげるアニー。そんなこと意に介さずにボトルを振りまわすポールに追随して風太もスパークリングワインをかけ散らすのであった。

「わしになら、かけても構わんぞ。現役時代の果たせなかった夢じゃからの」

「それ、もっと、盛大に撒き散らせ！　こんなに嬉しいことはない」

ワインこぼれ話

シャンパンなどの伝統的なスパークリングワインは、一旦、アルコール発酵が終わり（糖分が無くなり）出来たワインに、もう一度、糖分と酵母を加えて瓶内で発酵（瓶内2次発酵）させ、酵母たちが作る炭酸ガスを瓶内に閉じ込めたものである。

もうひとつ、余談になるが、表彰式中、ワインレッドのロングドレスを着たスタイルの良い、とびっきりの美女が花束を手渡す。そして、「チュ」と、選手たちの頬へ祝福のキスをした。

風太の瞳は、より輝きを増して、さらに笑顔が弾け飛んだ。

この時、日本に残した新妻である祐香にとっては、表彰式を観る事が出来なくて残念ではあったが、むしろ観ていなかったのは幸いであったかもしれない。

それぐらいの笑顔があったのである。

こうした熱気に包まれた、表彰式を見つめる群衆の中に、そっと、人影に隠れ、大粒の涙を浮かべる、ひとりの男がいた。

そう、レストランのスーシェフ、望月健一こと、本名、草間信太、風太の父親、その人である。

・・・・・「（美樹、僕らの、風太が、・・・・・・、美樹、・・・・・・）」
その夜、薄暗いアパートへ戻った草間信太は、部屋の灯りも燈さず、ただ、ひとり、むせび泣いたのである。

部屋の窓から差し込む蒼い月あかりに、照らされて空のワインボトルが浮かび上がる。

ワインボトルのエチケット（ラベル）には、シャンベルタンの文字が記されていた。

そう、想い出の、シャンベルタンである。

ドーピング　コントロール

「遅かったな、ふたりとも」

「食事中、すみませんが、なかなか、小便が出なくて」

「どーも、じーっと、見られてるのが、苦手で・・・　・・・」

「俺も、ポールと同じです」

「待機室で、たくさん水を飲んだから、今頃になってトイレに行きたいんだけど」

選手は競技終了後、ドーピング検査の対象の通告を受けると、不正な行為がないように、シャペロンと呼ばれる監視役が検査室に入るまで、マンツーマンで張り付き監視される
「わかる、わかる。ガン見されると、出ないもんだよ」

「俺なんか、この前、検査室で2時間も、缶詰めにされたよ」

一度、検査室に入ったあとは、採尿が終わるまで検査室から出ることは許されない。

採尿時には、パンツは膝まで降ろして、立会者が凝視する中で採尿しなければならない。

「そうだよな『アスリートに人権は、ないのかよ』と思うよ」

不正を働く選手は、スポイトで他人の尿と入れ替えるなど、あの手この手で、検査逃れをするので、不正がないよう監視の目を光らせるのである。

「先月の抜き打ち検査だって、（遠征先のホテルで）朝の4時半に起こされて血液検査するから、ロビーに降りて来いだもんな」

「本当だよ。いい加減にして欲しいよ」

「ランダムに選ばれたチームだけ検査（採血）なんて、不公平だし」


検査機関は、選手が不在で検査逃れなど隠蔽工作の隙を与えないように、寝ている時間帯を狙い、検査に訪れることが多い。

ドーピング問題は不正をする選手と、検査機関のイタチごっこなのである。

因みに、ナショナルチームに選出されるような選手は、競技場外での抜き打ち検査のために数ヶ月先の滞在予定の居場所情報を、予め、アンチドーピング機関へ届ける義務がある。


「今夜は特別に、グラスに少しだけワインを飲んでも構わない。祝杯だ」

「先ほど、ポールのお爺さんから、ワインの差し入れがあったぞ」

普段、ステージレース期間中の飲酒を禁じている監督も、上機嫌でふたりを迎えたのである。

ドーピングコントロールから戻ったふたりは、チームメートの祝福を受ける。

「ただ、オマエたち、いつまでも、浮かれるんじゃないぞ」

「レースはあと、2日間、残っているんだからな」

「はい。監督、明日のステージも、頑張ります」

「(俺は　風になる!)」と心に誓う、風太であった。

グラスに注がれたシャンベルタンを、ゆっくりと味わいながら、勝利に酔いしれる風太とポール。

この日のレースは、風太にとって、生涯忘れることのできない、思い出のひとつとして刻まれるレースとなった。

ただ、運命とは、過酷なものである。

幸せな時間は、そう、永くは、続かなかったのである。

風太に吹く運命の風は、激しさを増し、嵐となり、

再び、風太に、襲いかかるのである・・・・・・。

上巻、終わり。

下巻へ、つづく。

あとがき

「まさか、私が小説を！」本書、『ヴィンヤードに吹く風』を執筆する経緯については、「えっ、嘘でしょ、まさか」が積み重なり、こうして、今、自身で、小説を書くことになり、私、自身、驚きや意外感を感じております。

そして、作品のクオリティーは、さておき、あとがきを書く安堵感。

これまで、主に、ワインと自転車の仕事に関わり、日々の生活を送って参りましたが、どのようなものでも、突き詰めれば、その奥は非常に深く、新たな学びの連続です。

ワインも自転車競技もヨーロッパでは、日常生活に密着し、たいへん盛んで、それぞれが、ひとつの文化を築いています。

一方、日本では、まだ、まだ、どちらもマイナーですが、本書の豆知識を踏み台に、ほんの少しだけでも、裾野が拡がることを願って止みません。

本書の執筆、出版にあたり、山本暖子さん、岡本なるみさん、奥本さん、久保田さん、曽根川さん、えびなさん、仲野さん、長谷川先生をはじめ、多くの皆様にお世話になりました。皆様がいなかったら本書の出版は叶わなかったと思います。ありがとうございました。

また、何より、本書を手にしてくださり、お読みくださいました、皆様へ、心より感謝、お礼、申し上げます。

追伸
また、いつの日か、『ヴィンヤードに吹く風』下巻で、皆様とお会いすることを願っております。

乾杯　！

ヴィンヤードに吹く風（上）

発　行　日　2024年4月15日　初版第1刷発行
著　　　者　飯島規之
発　売　元　株式会社 星雲社（共同出版社・流通責任出版社）
〒112-0005
東京都文京区水道1-3-30
TEL03-3868-3275　FAX03-3868-6588
発　行　所　銀河書籍
〒590-0965
大阪府堺市堺区南旅篭町東4-1-1
TEL 072-350-3866　FAX 072-350-3083
印　刷　所　有限会社ニシダ印刷製本

ISBN978-4-434-33833-5　C0093